莉莉在这个世界上看见的第一样东西是天空，尽管那时候她还不知道天空是天空。一大片无边无际的淡蓝色柔软地照耀着莉莉刚刚睁开没有多久的眼睛。莉莉的表情很懵懂。淡蓝色其实是一种很轻浮的颜色，可奇怪的是，当它尽情地蔓延成天空那么大的时候，你就会发现，轻浮，原本是宽容的一种。

笛安

姐姐的丛林

笛安 著

河北出版传媒集团
河北教育出版社

年轮典存丛书

编者荐言

中国当代文学已走过七十多年，每一次文学浪潮的奔腾翻涌，都有彪炳文学史的作家留下优秀作品。

回首20世纪七八十年代，改革开放开启了中国当代文学持续至今的繁盛，由于几百家文学刊物的存在，中短篇小说曾是浩荡文学洪流中的浪尖。然而，以1993年“陕军东征”为分水岭，长篇小说创作成为中国文坛中独立潮头的存在，衡量一个作家的创作成就及一个时期的文学成果，往往要看长篇小说的收获。中短篇小说的创作和读者关注度减弱，似乎文学作品非鸿篇巨制不足以铭记大时代车轮驶过的隆隆巨响。

进入21世纪，特别是党的十八大以来的新时代，我们乘着光纤体验世界的光速变迁，网络文学全面崛起，读图时代、视频时代甚至元宇宙时代的更迭，令人应接不暇，文学创作无论是体裁还是题材都呈现出一种扇面散播效应，中短篇小说创作也再度呈扇面式生长，精彩纷呈。

为此，我们特编辑了这套“年轮典存丛书”，以点带面地梳理生于不同年代的当代优秀作家的中短篇小说精品，呈现不同代际作家年轮般的生长样态。

我们不无感佩地看到，生于1940年前后的文学前辈，青年时已是文坛旗手，在当下依然保持着丰沛的创作力，他们笔耕不辍，使当代文学大树的根扎得更深。

“50后”一代作家已走过一个甲子，笔力越发苍劲。他们不断返回一代人的成长现场，返回村镇故乡、市井街巷；上承“40后”的宏大命运主题，下接烟火漫卷的无边地气；既广受外国文学的影响，又保有中国古典文学的高蹈气质。

在“60后”这一中坚力量的年轮线上，我们能看到在城乡裂变、传统向现代过渡的进程中，一代人的身份确认、自我实现，以及精神成长的喜悦和焦虑。

“70后”作家因人生经验与改革开放四十年紧密相连而被称为“幸运的一代”和“夹缝中壮大的一代”，也是倍受前辈作家的成就影响而焦虑的一代。如今已与前辈并立潮头，表现不俗。

而作为“网生一代”的“80后”和“90后”，他们的写作得到更多赞誉的同时，也承受了更多挑剔和质疑。但经过岁月淘洗，我们欣喜地看到，曾经的文学小将已在文坛扎扎实实立稳脚跟，相继以立身之作进入而立和不惑之年。

六代作家七十年，接力写下人世间。宏阔进程中的21世纪中国当代文学，正在形成新的文学山峰的山脊线。短经典历久弥新，存文脉山高水长。

目　录
CONTENTS

姐姐的丛林

一　绢姨

三年前的这个季节，姐姐离开了家。那是在秋天，我们从小长大的这条学院路落满了梧桐叶。绢姨抬起头，说：“今年的叶子落得真早。”十月的阳光铺满了绢姨的脸，她还是那么漂亮。姐姐像以前那样拥抱了我，然后说：“安琪，再见。”她露出藏蓝色毛衣领口的锁骨硌了一下我的胸口。

那天晚上我一如既往地失眠。火车在我们这个城市的边缘寂静地呼啸着，比睡着的或睡不着的人们都更执着地潜入黑夜没有氧气也没有方向的深处。我知道姐姐现在也没有睡着，她一定穿着那件藏蓝色的毛衣，半躺在列车的黑夜里。长发垂在她性感而苍白的锁骨上，那是一个应该会有故事发生的画面。如果交给绢姨来拍，她会把姐姐变成一个不知道渥伦斯基会出现的安娜。注意角度就好，避开姐姐那张平淡甚至有点难看的脸。

绢姨一直都用她的职业习惯，裁剪着她的生活。那份她自己都没觉察到的冷酷隐藏在她美丽的眼睛里。我和姐姐不同，我有点怕她。所以我讨厌用她的方式讲故事，我不想给所有的人，包括我自己找任何借口。

我的手机响了，是绢姨。对不起我忘了告诉你们，我叫林安琪，十九岁，在一个离家很远的城市念大学，艺术系，大二。绢姨前年春天去了巴黎，她梦想了很久的地方。

“安琪，我们上个礼拜到布列塔尼去拍大海，太棒了。”

“安琪，你的法语现在怎么样了？”

“安琪，画画儿一定要到法国来……”

每一次电话她都是这个程序：“我们”怎样了，法国多么好，等等。这个“我们”，指的是她和一个叫雅克的法国男人。他比她小十岁，是她的助手——工作室里的和床上的。她是一个阅尽风景的女人，像有些女人收集香水那样收集生活中的奇遇。一直如此。

十年前的某一天，妈妈把她从北京带回来。那一年，她二十二岁，和姐姐离家时一样大。她也是瘦的，和姐姐一样，领口露着苍白而性感的锁骨。可是姐姐的瘦是贫瘠，她的瘦是错落有致。冬天正午的阳光下，她明媚地对我们一笑，那种和我们当时的生活无关的妩媚让九岁的我和十五岁的姐姐不知所措。妈妈安顿她睡下，然后像往常一样走进厨房，水龙头和油锅的声音一点儿都没变，可是我知道从此有一样障碍横亘在我的生活中，尽管这障碍是一个千姿百态的园林——其实我对这个绢姨一无所知，只知道她是妈妈最小也最疼爱的妹妹。姐姐却浑然不觉，她说："天哪安琪，她像费雯丽。"

那天晚上姐姐照了很久的镜子，然后轻轻地叹一口气，拧亮台灯，摊开她厚厚的练习题。我蜷在棉被里，看着灯光映亮姐姐的侧影。长发垂在没有起伏的胸前，还有苍白的手背。姐姐很辛苦，她的灯每天都会亮到凌晨。但她永远只是第二名，她不明白自己为什么赢不了那个把大部分时间都交给篮球的男孩。看着姐姐，我想起绢姨。绢姨是个大学生，在中国最棒的外语学院学法语，不过她因为自杀未遂让学校劝退——自杀是因为那个不肯和自己的妻子离婚的老师。妈妈从不把我们当成小孩子，所以我知道了这个故事。我不明白为什么有的人就可以活得这么奢侈——同时拥有让人目眩的美丽、一种那么好听的语言、过瘾的恋情、凄凉的结局之后还有大把的青春——连痛苦都扎着蝴蝶结，太妙了。可是我的姐姐，那本《代数题解》已经被她啃了一个月，依然那么厚。

"安琪，你还没睡着？"姐姐回过头，冲着我笑了。灯光昏暗地映亮了她的一半脸，她的笑容因此奇怪而脆弱。那个时候的姐姐几乎是美丽的。可是除了我，没有谁见过她这种难得的温柔。她的脾气坏得吓人，我们俩这间小屋里的每一样东西都曾因为她毫无道理的愤怒遭过殃。但是，往往是在深夜，她会从台灯下抬起头，看一看被子里的我，笑笑。要是那些在背后嘲笑她的男孩子见过她此时的表情，说不定他们中的某一个会突然想爱她。

姐姐迷恋绢姨。绢姨的美丽，绢姨温柔宁静的语调和有点放荡的大笑都让她惊讶和赞叹。她喜欢跟绢姨聊天，喜欢看绢姨在暗房里冲照片——那个时候绢姨成了一家艺术杂志的摄影记者，喜欢听绢姨讲那些为了拍照而天南海北游荡的故事。绢姨就像一个从天而降的理想，在我们这个贫乏的北方城市里绽放着。我也喜欢绢姨，很喜欢。只不过我讨厌她说“安琪长大了一定是个漂亮姑娘”，因为我知道她心里清楚我永远不会像她一样漂亮。我们三个人成天缩在绢姨的小屋，那里有满墙的照片和厚厚的摄影集，我一张张地抚摩那些铜版纸，还有纸上的风景和凝固在纸上的人们的表情。绢姨打开一页，说：“这张照片叫《纽约》，我最喜欢这个克莱因的东西了。”

我清楚地记得那种震撼，尽管我才九岁。那个叫克莱因的外国人，他把那座世界上最繁华的城市拍成了一个寂静而辽阔的坟场。绢姨美丽地叹着气：“你们看，多性感。”姐姐惶恐地抬起头，还以为自己听错了绢姨的用词。这时候我们都听见厨房里妈妈的声音："三个小朋友，吃饭了——"

那天晚上睡觉时，姐姐问："安琪，你想变成绢姨那样的女人吗？"我不情愿地点头，姐姐说："我也想。"我不知道姐姐脸上算是什么表情。后来她就开始像做代数题一样认真地画画儿了——从三年前开始，我们俩每周都去一个老师的画室里学画画儿，这是爸爸的意思，但姐姐从来都没有这么投入过，那些石膏像就像情人一样点亮了她的眼睛——她开始努力，就像她努力地要考第一名那样努力地变成绢姨那样的女人，姐姐从小就是一个相信"愚公移山"这类故事的孩子。当老师接过我们的作业时总会说："安琪，你应该像北琪一样努力。"可是我看得出来：老师看姐姐的画儿时，是在看一张作业；看我的画儿时，眼睛会突然清澈一下。不过我不会把这件事告诉姐姐。妈妈告诉过我们人不可以欺骗人，但妈妈也说过，有时候隐瞒不算欺骗。

妈妈是个医生，也是个冰雪聪明的女人。虽然她永远也记不住黄瓜多少钱一斤，记不住我和姐姐的生日到底谁的是八月十号，谁的是十月八号；但是她永远微笑着出现在全家人面前，用她看上去敏感而苍白的手指不动声色地抚摩着空气中的裂痕，说话的语气永远温柔安静，让人以为一切都理所当然。我相信能做妈妈的病人，也是种幸运。我常常在饭桌上看着妈妈和绢姨，觉得她俩很像，可是妈妈不像绢姨那样令人眩惑。

绢姨是妈妈的另一个孩子，背着沉重的相机回家时连手也不洗就贪婪地冲到妈妈正在摆的红红绿绿的餐桌旁。爸爸于是笑："你还不如安琪。"她也笑："我累了嘛，都跑了一天了。"她头发散乱着，笑容好看得要命。她永远需要新奇的风景，也许这就是她的照片永远不能像那幅《纽约》一样打动人的原因。可是她给人留下的那种"追寻"的印象，就像一群突然飞过蓝天的鸽子，生动而美好地撞击人的视觉。也许正是因为这个，她的大学老师才会像拥抱一个假期那样拥抱她吧。可惜那个男人并没陶醉到忘乎所以，他还清楚"假期"在生活中应有的比例。

我似乎说过，绢姨是一个从天而降的理想，在我们这个贫乏的北方城市里绽放着。又一个冬天来临的时候，绢姨的个人摄影展也要开幕了。在我们全家的记忆中，那种幸福的忙碌再也没重演过。全家人帮她选照片，给照片起名字，妈妈的同事甚至病人和爸爸带的研究生也被发动了起来。最兴奋的人当然是姐姐，深夜里我看着她在台灯下，常常对着绢姨的新作发呆。黑白的、彩色的，在午夜的灯光下凝固着。其实最动人的，不是它们，是十六岁的姐姐的眼睛。姐姐考上了一所最棒的高中，她依然辛苦地让台灯亮到午夜或者凌晨，可是这台灯证明的早已不再是当初为了拿到第一名而拼搏的荣耀，姐姐已经变成一个为了勉强维持中等水平而努力的学生。他们说高中很难念，也许是的。经常是在凌晨两点，我迷迷糊糊地醒来，台灯依旧疲惫而衰老地支撑着这个小屋的夜晚，我几乎听得见台灯“咳嗽”的声音。姐姐瘦了，饭桌上更加沉默甚至僵硬。好多个夜晚，我看见她咬着嘴唇把一张张试卷和老师不再给她高分的素描撕得粉碎，我害怕地缩在被子里，听着纸张碎裂的声音，下意识地分辨着姐姐正在撕的是试卷还是素描纸，还有姐姐也许夹杂着哽咽的喘息。那个时候我就想，要是有一个男孩来爱姐姐，她会不会好一些？

绢姨的摄影展代替了我假想中的男孩。除了我，没有谁见过姐姐不美丽的脸和凝视绢姨的照片的眼睛搭配起来是一个怎样的瞬间，还有周围艰难的灯光。那时候我真心实意地祈祷绢姨的影展能够成功，为了姐姐。

我做不到像姐姐一样，我无法百分之百地仰慕绢姨的作品。当我用十九岁的眼睛来打量它们时，看见了一个又一个“优美的沧桑”“精致的颓废”“美好的悲哀”“尊严的贫穷”——这类的偏正短语我相信还有很多。你说世界上没有尊严的贫穷？那你一定没去过西藏。要拍废墟时，绢姨的眼睛就会变成月光，看似温柔地笼罩其实远隔万里；要拍伤疤时，绢姨的眼睛就变成手术刀刀锋上的那一抹寒光，看似凌厉，其实小心翼翼地切去一切不堪入目的部分。它们很美，我承认，可它们没有《纽约》里的那种勇气。但是十六岁的姐姐，她崇拜一切完美。

现在我回想起绢姨开影展的那年冬天，觉得自己的童年，就是在那个季节结束的。

傍晚，妈妈接我从学校回家的时候，我们发现家门居然开着，走进客厅，发现绢姨的房间的门也半开着。从我站的角度，正好可以看到墙上那幅《纽约》，还有爸爸和绢姨。绢姨的脸埋在爸爸的肩头，爸爸的胳膊紧得有些粗暴地搂着她的腰。妈妈从后面捂住我的嘴，她的手上还带着户外的寒气。妈妈在我的耳朵边说："宝贝，爸爸和绢姨都是出过国的，这在西方只是一种礼节。"妈妈的声音里有一种很奇怪的清澈。她已经很久没叫过我宝贝了。

后来我常常想，还好那个时候，姐姐还没有放学。我不知道后来发生过什么，只知道妈妈还是一如既往地安静，生活不动声色地继续着。绢姨的影展意料之中地成功了。影展开幕的那一天，我第一次看到绢姨浓妆的样子，展厅的灯光恰如其分地铺垫着她周围的阴影，我不知道是她还是她的照片征服了我们这个寒冷和荒凉的城市。她穿着深蓝色的唐装上衣和铁锈红的大裙子，她真的很美。我从来都不能否认这个。影展后不久的一天早上，绢姨在早餐桌上对我们说："安琪，北琪，绢姨要搬出去了。"

"为什么？"姐姐重重地把碗砸在桌上，一声钝响。

"北琪，绢姨有工作。"妈妈把果酱放在桌上，安静地说。

“在家里就不能工作了吗？我不想让你走！”姐姐盯着绢姨，“安琪也不想让你走！对不对，安琪？”姐姐热切地转过了脸。

我低下头的一瞬间，知道妈妈看了我一眼。然后我抬起头，说：“可是绢姨一直都嫌咱们家离暗房太远了呀……”我笑着，如果妈妈没有看我那一眼，我也许不会在一秒钟之内想到这个绝妙的理由。

爸爸笑了：“北琪，你看，安琪比你小六岁呢。”

姐姐扔下筷子，拎起书包，委屈地冲了出去，重重的摔门声让我打了个冷战。妈妈笑笑：“别理她，吃饭。安琪，把牛奶喝完，不可以剩下。”

我喝着牛奶，努力地吞咽着。早上特有的那种像是兑过水的阳光映在玻璃杯的边缘，我听见爸爸喝粥的声音。一切如常，只有我，我成了妈妈的同谋。在一个飘满牛奶、果酱、煎蛋和稀粥香气的早上，我们所有的人都是同谋——科学家管这叫“纳什均衡”。只有姐姐，落入一个不动声色的圈套。她的委屈和愤怒都尴尬地赤裸着，就像一只不断撞击着玻璃窗的飞蛾，不明白自己为什么飞不进去。姐姐是无辜的，只有姐姐一个人是无辜的。我不怪妈妈把我拉了进来，我知道她爱爸爸，她叠我们的衣服时永远不会像叠爸爸的衬衣一样认真；可是没有人能代替我忍受那种蜕变的滋味。

晚上姐姐哭了。她做作业的时候突然扔下了笔，然后我就听见她像是来自体内很深的地方的呜咽。我冲下床紧紧地抱住她的后背，她背上的两块骨头一下一下地刺痛着我。“姐姐。”我叫她。“安琪，为什么，为什么你不帮我把她留下？你讨厌她吗安琪？”我不知道该怎么说。我只好紧紧地抱她，紧得我自己都觉得累。姐姐的眼泪温润地打在我的手背上。我不怪妈妈，如果姐姐没有伸出指尖，轻轻地把她的泪珠从我的手上抹掉；可是她这样做了，她的手指真凉。

绢姨搬走了。妈妈帮她料理一切可以想到的事情，好像她要走得很远，其实不过是几条街的距离。绢姨走的那天，我跑到她住过的小屋里，墙上还挂着几张照片，真好，《纽约》还在。原来我留恋那张《纽约》胜过留恋绢姨。我还是不怪妈妈，我想明白了，因为我也想让她走。

现在网上和一些时尚杂志里似乎有一种潮流，就是一些年龄其实不大的人们争着为“成长”下定义，争着追悼其实还没远去的青春。“成长”就像一面旗帜，庄严地覆盖着“青春”的遗体。当十九岁的我浏览这些精致的墓志铭时，突然恶俗地问自己：我知道什么是“成长”吗？对于我来说，第一次成长是九年前的事儿了。

二 谭斐

爸爸和绢姨的情节只是花边，我的故事里的爱情从这一节登场。

九月的星期天很暖和。我每周的今天都会带着一身的油彩味去上法语课。从画室里出来的时候我会厌恶地闭一下眼睛，心里想的是：太阳真好。我的同学们有的在睡觉，有的去谈恋爱，用功的出去写生——比起写生，我更喜欢坐在空空的画室的地板上，翻阅一本又一本的画册。指尖和铜版纸接触时有一种华丽得近似于奢侈的触觉。我喜欢夏加尔，喜欢凡·高，喜欢德拉克洛瓦，喜欢拉图尔；不喜欢莫奈，不喜欢拉斐尔，讨厌毕加索，痛恨康定斯基。姐姐的电话有时会在这个时候打来，问我的画儿、我的法语、我的男朋友。我没有男朋友，在这个城市里我只有一个可以聊天的朋友。不是美术系里那些自以为自己是有权利用下半身说话的艺术家的男孩，是我法语班里的同学。他叫罗辛，喜欢说“他妈的”，最大的梦想是当赛车手，然后有一天死在赛场上，把自己变成烧掉自己赛车的火焰的一部分。

“要是有一天我能去突尼斯参加拉力赛，一定有成堆的美女追我，到时候我没工夫跟你聊天的话你也一定要理解。”这家伙最大的本事就是用庄重的表情把死人说活。

“要去突尼斯的话为什么学法语？”

“小姐，因为突尼斯是说法语的，谢谢。我听说过你们学画画儿的都是些文盲，百闻——”他停顿了一下，“果然不如一见。”

我在电话里给姐姐重复我们诸如此类的对话，姐姐总是笑到岔气。姐姐说：“你要是能喜欢上他就好了，他真可爱。”这个时候我突然发现姐姐变了，以前姐姐喜欢完美的东西，现在，二十五岁的她喜欢干净的。

所以，我决定不告诉姐姐，罗辛笑起来的时候有点像谭斐。

认识谭斐的那一年，我是十四岁，正是自以为什么都懂的时候。当然自以为懂得爱情——朱丽叶遇到罗密欧的时候不也是十四岁吗？所以我总是在晚上悄悄拿出那些男孩子写给我的纸条，自豪地阅读，不经意间回头看看熟睡的姐姐。昏暗之中她依旧瘦弱，睡觉时甚至养成了皱眉的习惯。我笑笑，叹口气，同情地想着她已经大二了却还没有人追。我忘了姐姐也曾经这样在灯光下回过头来看我，却是一脸温柔，没有一点点的居高临下。

二十岁的姐姐现在是爸爸大学里英语系的学生，跟十六岁的时候相比，好像没有太多的变化，混杂在英语系那些鲜艳明亮声势夺人的女孩子里，我怀疑是否有男孩会看到她。偶尔我会幻想有一个特帅特温柔的男孩就是不喜欢众美女而来追善良的姐姐。事先声明我讨厌这样的故事，极其讨厌，只不过姐姐另当别论。可是奇迹意料之中地没有发生，姐姐不去约会，不买化妆品，不用为了如何拒绝自己不喜欢的男孩而伤脑筋，唯一的乐趣就是去绢姨的暗房。绢姨搬走后，我们常常去她那里玩，看她新拍的照片，听她讲旅途中或离奇或缱绻的艳遇。二十七岁的绢姨似乎更加美丽，迷恋她的男人从十六岁到六十岁不等。她很开心，很忙，周末回我们家的时候还是记不得帮妈妈洗碗。

谭斐是在一个星期六的晚上跟爸爸一起从学校来到家里的。爸爸其实早就告诉我们星期六晚上会有客人——爸爸在中文系发现的最有前途的学生——我的老爸热衷这套旧式文人的把戏。只是这一次有一点儿意外，我没有想到这个“最有前途的学生”居然这么英俊。他站在几年前绢姨站过的位置，在相同的灯光下明亮地微笑，没有系格子衬衣领口的扣子。那一瞬间我听见空气里回荡着一种倒带般“沙沙”的声音，我想那就是历史重演的声音吧。又是一个站在客厅里对我微笑的人。

饭桌上我出奇地乖，倾听着他们的对话，捕捉着这个客人的声音。偶尔借着夹菜的机会抬一下头，正好撞得到他漆黑而烫人的眼睛。于是我开始频频去夹那盘离我最远的菜，这样我的头可以名正言顺地抬得久一点。他突然微笑了，他的眼睛就像很深很黑的湖，而那个微笑就是丢进湖里的石块，荡起糅着灯光的斑驳，我几乎听得见水花溅起来。他把那盘离我最远的菜放到我的面前："你很喜欢吃这个，对不对？"那是他跟我说的第一句话。

妈妈说："安琪，你不谢谢哥哥？"然后她说："谭斐你知道，我这道菜是看着张爱玲的小说学做的。"爸爸笑道："她喜欢在家里折腾这些东西。"谭斐说："林教授说，师母还喜欢写小说。"妈妈笑了："都是些见不得人的东西，我像你们这么大的时候倒是还成天想着当作家，现在，老了。"妈妈叹口气，她有本事在跟人聊天的时候把一口气叹得又自然又舒服。

我忘了说一件事：自从绢姨搬走之后，妈妈业余的时间开始试着写小说。爸爸很高兴地对我们说那是妈妈年轻时候的梦想。我想是绢姨的事情让妈妈发现爸爸偶尔也需要一个奔跑中的女人吧，于是妈妈就以自己的方式开始奔跑，速度掌握得恰到好处。

"我吃饱了。"姐姐说。然后有点匆忙地站起来，还碰掉了一双筷子。"鱼还没上来呢。"爸爸说。"我饱了。"姐姐脸一红。妈妈笑："我们家北琪还跟小时候一样，认生。谭斐你一定要尝尝我的糖醋鱼。你是南方人对吧？""对。"他点头，"湖南，凤凰城。""谭斐是沈从文先生的老乡。"爸爸端起杯子。"那好。"妈妈又笑，"人杰地灵哦。"

湖南，凤凰城。我在心里重复着，多美的名字。

门铃就在这时候"叮咚"一响。门开了，绢姨就在这样一个突兀而又常常是女主角登场的时刻出现在我们面前。“有客人呀？”绢姨有一点儿惊讶。谭斐站起来，说：“你好。”绢姨笑了：“你是姐夫的学生吧。”他点头，说：“对，你好。”他说了两次你好，这并不奇怪，百分之九十的男人第一次见到她都会有一点儿不知所措；可是我还是紧紧地咬住了筷子头。妈妈端着糖醋鱼走了进来，她特意用了一个淡绿色的美丽的盘子。“绢，别站着，过来吃饭。”妈妈看着谭斐，“她很会挑时候，每次我做鱼她就会回来。”绢姨拨了一下耳朵边一绺鬈发，瞟了一眼谭斐，微笑：“第六感。”他没有回答，我想他在注视绢姨修长而精致的手指。

绢姨深呼吸，很投入地说：“好香呀。”然后她抬起头，看着爸爸妈妈，认真地说：“姐，姐夫，其实我今天回来是想跟你们说，我可能，当然只是可能，要结婚。”

我像每个人那样惊讶地瞪大了眼睛，仰着脸。谭斐棱角分明的面孔此时毫无阻碍地闯进了我的视线，但是他并没有看我，他望着这个脸色平淡道出一个大新闻的美丽女人。我闻到了一种不安的气味，一种即将发生什么的感觉笼罩了我。就在它越来越浓烈的时候，却意外地听到了里面的门响。“绢姨，你要结婚？”姐姐站在卧室的门口，正好是灯光的阴影中。“奇怪吗？”绢姨妩媚地转过头。“那……和谁？”这个很白痴的问题是我问的。妈妈笑了：“安琪问得没错，和谁，这才是最重要的。”“当然是和我的男朋友了。”绢姨大笑，和以前一样，很脆，有点放荡，“好了，你们不用这么紧张，其实我也并没有决定好。详细的我们以后再说，今天有客人呢。”她转过了脸，“你不介意的吧，客人？我这个人就是这副德行，想到什么就说什么。”他当然不会介意。她当然也知道他不会介意，所以才这么问的。一个男人怎么会介意一个美丽女人大胆的疏忽呢？果然，他说：“我叫谭斐。”“挺漂亮的名字呢，客人。不，谭斐！”她笑了。

坐在她的对面，我看着绢姨笑着的侧脸。我知道她又赢了，现在的谭斐的大脑里除了我的绢姨，不会再有别的，更别提一个只知道伸长了胳膊夹菜的傻孩子。绢姨要结婚。没错，不过那又怎样呢？我嚼着妈妈一级棒的糖醋鱼，嚼碎了每一根鱼刺，嚼到糖醋鱼的酸味和甜味全都不再存在，使劲地吞咽的一瞬间，我感觉到它们从我的咽喉艰难地坠落。我对自己说：我喜欢上谭斐了。

那个时候我不懂得，其实十四岁的罗密欧与朱丽叶是真的不懂爱情，懂爱情的，不过是莎士比亚。

我真高兴谭斐现在成了我们家的常客，我也真高兴我现在可以和谭斐自然地聊天，不会再脸红，不会再像以前那样语无伦次。他是个很会聊天的人，常常用他智慧的幽默逗得我很疯很疯地大笑。我盼望着周末的到来，在星期五一放学就急匆匆地赶回家换衣服，星期五是我和姐姐那个小小的衣柜的受难日。所有的狼藉都会在七点钟门铃“叮咚”的一声响声里被掩盖，我很从容地去开门，除了衣柜，没人知道我的慌乱，尤其是谭斐。绢姨现在周末回家的次数明显地多了，不过她有名正言顺的理由——她的婚礼在三个月之后举行。她有时连饭也不吃就跟大家再见——那个男人在楼下的那辆奔驰里等着。我们谁都没见过他，所以我们戏称他“奔驰”。绢姨总是说：“下星期，下星期就带他回家。”但是这个“下星期”来得还真是漫长，漫长到在我的印象中，“奔驰”已经变成了一样道具，给这个故事添加一个诡秘的省略号。虽然有的时候顾不上吃饭，但跟谭斐妩媚地聊上几句还是来得及。她的耳环随着说话的节奏摇晃着，眼睛总专注地盯着谭斐的脸，偶尔目光会移开一下，蜻蜓点水地掠过别的什么地方。我想我知道为什么古人用“风情万种”这个词形容这样的女人，因为她们不是一种静止，她们在流动，永远是一个过程。

越来越有意思了，我对自己说。绢姨和谭斐——德·勒纳尔夫人和于连？这个比喻似乎不太经得起推敲，但是很合衬。我知道我赢不了绢姨，确切地说，我不具备跟绢姨竞争的资格。我知道自己是谁。可是我毕竟才十四岁，只要我愿意，我可以认认真真地喜欢谭斐十年或者更久。十年以后我二十四岁，依然拥有青春，我闭上眼睛都猜得到当谭斐面对二十四岁的我，恍然大悟是这个不知何时已如此美丽的女孩爱了他十年——想起来都会心跳的浪漫。但是绢姨你呢？但愿你十年之后风韵犹存。如果你从现在开始戒烟、戒酒、戒情人，那时候的你应该看上去不太憔悴，也但愿你的“奔驰”还能一如现在般忠诚。你们大人还不就是这么回事吗！

仔细想想，也许每个女孩都经历过一个只有当初的自己才认为“可歌可泣”的年代。乳房猝不及防的刺痛，刚开始不久的每个月小腹的酸痛，还有心里想起某个人时暖暖的钝痛。碰巧这三种痛同时发生，便以为自己成了世界头号伤心人。有点决绝，有点勇敢地准备好了在爱情这个战场捐躯——以纯洁、纯情和纯真的名义。殊不知所谓“纯洁”是一样很可疑的东西，要么很廉价，要么很容易因为无人问津而变得廉价。可我义无反顾地掉进去了。世界运转如常，没有什么因为一个十四岁的小姑娘的恋情而改变，除了她自己。她开始莫名其妙地担心自己的头发是不是被刚才那阵风吹乱了。万一吹乱了，而她在这个时候突然在街上撞见谭斐怎么办？尽管她自己也知道这种可能性微乎其微，可是喜欢上一个人本身就是一件概率在千分之一以内的事情，所以恋爱中的人都莫名其妙地相信“偶然”。我不知道照这样推理下去，是不是可以得出恋爱中的人都有可能变成“守株待兔”里的主人公的结论。

可是我还是不敢嘲笑爱情。因为种种症状都淡忘了之后，我画的画儿却依然留着。那个时候我和姐姐的房间分开了，我自己有了一间十平方米左右的小屋。我开始失眠，在凌晨两点钟的黑夜的水底静静地呼吸，闭上眼睛，就看见微笑着的谭斐，或者不笑的。身体在每一寸新鲜的想念中渐渐往下沉，沉成了黑夜这条温暖的母亲河底的松散而干净的沙，散乱在枕上的头发成了没有声音却有生命的水草。突然间我坐起来，打开了灯，我开始画画儿，不画那些让人发疯的石膏像，我画我的爱情。当我想起星期五就要到了，谭斐就要来了的时候，我就大块地涂抹绿色，比柳树的绿深一点儿，但又比湖泊的绿浅一点儿，那是我精心调出来的最爱的绿色；当我想起绢姨望着谭斐微笑的眼睛，我就往画布上摔打比可口可乐易拉罐暗一点儿，但又比刚刚流出来的血亮一点儿的红。我画我做过的梦，也画别人给我讲过的梦；我画我想象中的罗密欧与朱丽叶的开满鲜花的阳台——月光流畅得像被下弦月这只刀片挑开的动脉里流出的血，我也画我自己的身体，赤裸着游泳的自己，游泳池蓝得让人伤心，像一池子的化学试验室里的硫酸铜溶液，也像一只受伤的鸟清澈而无辜的眼神。清晨的时候，我困倦地清洗着花花绿绿的胳膊，心里有一种刚刚玩完“激流勇进”或者是“过山车”的快乐。

后来有一天，老师看过了我的画儿之后，抬起头来看着我。

“全是你自己想出来的？”

我点头。

他笑了，他说："有一张真像基里科。"

我问："老师，基里科是谁？"

他又笑了，对我说："安琪，请你爸爸或者妈妈方便的时候来一趟，记住了。"

我想我是在喜欢上谭斐之后才知道自己原来是这么地爱着画画儿。就在那些失眠的深夜里，一开始是为了抗拒以我十四岁的生命承担起来太重了的想念，到后来不是了，我的灵魂好像找到了一个喷涌的出口以及理由。我一直都不太爱说话，所以我不知道自己原来这么想要倾诉，我在调色板面前甚至变得絮絮叨叨，急切地想要抓住每一分哪怕是转瞬即逝的颤抖。我变得任性，变得固执，也变得快乐，我心甘情愿地趴在课桌上酣睡，我高兴地从几何老师手里接过打满红叉的试卷。谁也休想阻止我在黑夜里飞翔，更何况是这落满灰尘的生活，休想。

只有一个人知道我的秘密，就是我的同桌——刘宇翔。他望着政治课上伏在桌上半睡半醒的我，做痛惜状地摇头："唉，恋爱中的女人哪——疯了。"那个时候刘宇翔成了我的画儿的第一读者。我想那是因为我还是需要倾诉的，他正好又离我最近。他总是夸张地问我："你白痴吧你，你不知道什么叫'红配绿，狗臭屁'？你大小姐还他妈专门弄出来一天的红再加一地的绿——不过……"他正色道："我也不知道为什么，你这么一画，还真是蛮好看的。”其实他是一个跟别人有点不一样的人，因为他总是说我的画儿“蛮好看的”，不像我的那些一起学画画儿的同学，他们总是有点惊讶地说：“林安琪你真酷！”虽然刘宇翔说话时满口的脏字，虽然他是个今年已经十七岁的“万年留级生”，可我还是愿意把他当成一个可以讲些秘密的朋友。那个年龄的女孩子是最需要朋友的，但是没有多少女孩子愿意理睬我。当然我也懒得理她们，刘宇翔最好，他愿意听我讲谭斐，听我讲那些谭斐和绢姨之间似有若无的微妙，然后评论一句：“×！”

其实直到今天，我也依然无法忘记那些日子里干净而激烈的颜色。生活中的我和一种名叫“堕落”的东西巧妙地打着擦边球。我偶尔逃课跟刘宇翔和他的那些狐朋狗友出去玩，偶尔考不及格——可是我总是无法对那种不良少年的生活着迷，因为我只为我的画儿陶醉——在深夜一个人的漫游中，我把跟刘宇翔他们在一起时的那种气息用颜色表达出来。那是一种海港般的气息，连堕落都是生机勃勃的。然后我有点惶恐地问自己：难道我经历一切的目的都是为了画画儿吗？那么“生活”这样东西，对于我，到底有几分真实？但我不会让这个棘手的问题纠缠太久，因为我闭上眼睛都看得到老师惊喜的眼神。老师的那种目光我已经看过很多次了，不过我永远不会对那种目光司空见惯。

昨天我梦见了我的中学教学楼里长长的走廊——就是曾

经放学后只剩下我和刘宇翔的空空的走廊，夕照就这样无遮无拦地洒了进来。刘宇翔靠在栏杆上，歪着头，像周润发那样点烟，他说为了这个正点的姿势他足足苦练了三个星期。烟雾弥漫在因为寂静所以有些伤怀的走廊里，刘宇翔说：“丫头，还不回家？今天可是周末。”我懒洋洋地回答：“老爸今天中午说了，下午学校开研讨会，谭斐也参加，晚上都不会回来，我那么急着回去干吗？”

刘宇翔对着我喷出一口烟：“女大不中留。”

“去死。”我说。

“我真想揍那个他妈的谭斐，长得帅一点儿就他妈不知道自己姓什么——”

“闭嘴！”我打断他，“你说话带一百个脏字都无所谓，可是你叫谭斐的名字的时候一个脏字都不许带，否则我跟你绝交。”

“绝交？”他坏笑，“绝什么交？”

“你不想活了！”我瞪大眼睛。夕阳就像一种液体一样浸泡着我们，坐在地板上的我，还有抽烟的刘宇翔——仔细看看这家伙长得挺帅——我们在那种无孔不入的橙色中就像两株年轻的标本。对呀，夕阳浸泡着的人就像标本，我要把它画下来，用淡一点儿的水彩，今天晚上就画。

“安琪——”我突然听见姐姐的声音，声音被走廊拉长了。

她的影子投在我和刘宇翔之间。也许是我多心了，姐姐今天看上去有一点儿阴郁。

“姐？”我有点惊讶。

“妈妈让我来叫你回去吃饭。”姐姐说。

“哦。”我拉住姐姐的手，“刘宇翔，这是我姐；姐姐，这是我同桌，刘宇翔。”

“你好。”姐姐淡淡地笑了。夕阳把她的笑容笼上了一层倦意，她苍白的锁骨变成了温暖的金红色。

刘宇翔有点作秀地把烟扔在地上，歪了一下头，笑笑：“你好。”

然后我就跟姐姐走了出去，踩着刘宇翔长长的影子。走下楼梯的时候正好遇到刘宇翔的那群死党从对面那道楼梯喧嚣地跑上来，他们对我喊：“林安琪你要回家？你不去啦？”我也对着他们轻松地喊：“不去啦，我姐来叫我回家了！”

他们乱哄哄地嚷着：

——是你姐呀！我还以为是高二的那个王什么婷。

——傻×！没看见戴着S大的校徽呢。

——我靠！老子就是没看清楚又怎样？

——姐，你好！

——林安琪再见！还有姐，再见……

好像他们不喊着叫着就不会说话一样，可是喧闹过的楼梯突然安静下来，还真有点让人不习惯。姐姐突然说："安琪，告诉你件事，你不可以对任何人说。"

"你有男朋友啦？"我惊讶地笑着。

她不理我，自顾自地说："绢姨怀孕了。"

我一时有点蒙："那，那，也无所谓吧。反正她不是马上就要结婚了。"

姐姐笑了："这个孩子不是'奔驰'的。"

我不记得自己当时在想什么——确切地说，我的思维在一片空白的停顿中不停地问自己：我该想什么，该想什么。

姐姐还是不看我，还在说："我今天到绢姨那儿去了，门没锁，可她不在家，我看见了化验单，就在桌子上。前天，前天她才跟我说，她和'奔驰'从来没有，从来没有做过。"

"做过"，这对我来说是个有点突兀的词，尽管我知道这代表什么——我是说，我认为我知道。我们俩都没有说话，一直到家门口，我突然问姐姐："妈知道吗？"

"安琪。"姐姐有些愤怒地凝视着我，"你敢告诉妈！"

"为什么不呢？"我抬高了嗓音，"妈什么都能解决，不管多大的事，交给妈都可以摆平不是吗？"激动中我用了刘宇翔的常用词。

"安琪。"姐姐突然软了，看着我，她说，"你答应我了，不跟任何人说，对不对？"

……

“我知道，我没想说，我不会告诉妈，你放心。”我看着姐姐惶恐的眼神，笑了，“没有问题的，绢姨也是个大人了，对吧，她会安排好。”我的口气好像变成了姐姐的姐姐。

我深呼吸一下，按响了门铃。

餐桌上只有我们四个人：妈妈、绢姨、姐姐和我。四个人里有三个各怀鬼胎——绢姨怀的是人胎。妈妈端上她的看家节目：糖醋鱼。她扬着声音说：“难得的，今天家里只有女人。”“我不是女人。”姐姐硬硬地说。“这么说你是男人？”绢姨戏谑地笑着。

“我是‘女孩’。”姐姐直视着她的眼睛。

“对，我也是女孩，我是小女孩。”我笑着说。这个时候我必须笑。

“好。”妈妈也笑，“难得今天家里只有女人和女孩，可以了吗？”

“大家听我宣布一件事。”妈妈的心情似乎很好，“今天我到安琪的美术老师那儿去过了。安琪，”妈妈微笑地看着我，“老师说他打算给你加课，他说明年你可以去考中央美院附中，他说你是他二十年来教过的最有天分的孩子。”

“天哪——”绢姨清脆地欢呼，“我们今天是不是该喝一杯，为了咱们家的小天才！”然后她就真的取来了红葡萄酒，对妈妈说，“姐，今天无论如何你要让安琪也喝一点儿。”

妈妈点头："好，只是今天。还有安琪，今天你们班主任给家里打电话了，他说你最近总和一个叫刘什么的孩子在一起，反正是个不良少年。妈妈不是干涉你交朋友，不过跟这些人来往，会影响你的气质。"

绢姨突然大笑了起来。

"你吃你的！"妈妈皱了皱眉。

"姐，你还记不记得，我上中学的时候你跟我说过一样的话。一个字都不差！"

"你……"妈妈也笑，"十四岁就成天地招蜂引蝶，那个时候爸就跟我说，巴不得你马上嫁出去。"

"你还说！"绢姨开心地嚷，"爸最偏心的就是你，从小就是……"

对我而言，所有的声音都渐渐远了，我的身体里荡漾着一种海浪的声音，遥远而庄严地喧闹着。"中央美院附中"，我没有听错，我不惊讶，这一天早就应该来临，可是我准备好了吗？我准备好一辈子画画儿了吗？一辈子把我的生活变成油彩，再让油彩的气息深深地沉在我的血液中，一辈子，不离不弃？天哪，我就像一个面对着神父的新娘——"新娘"，我想我脸红了。

"嘿——小天才！"我听到那个似乎危机重重的准新娘愉快的声音，"是不是已经高兴得头都晕了？绢姨星期一要出去拍照，大概两个星期才会回来。最近我突然想到郊外去逛逛，所以决定用这个周末的时间，带上你和北琪，把谭斐也叫来，明天我们四个一起去玩儿，怎么样？”

“叫他干吗？”姐姐皱了皱眉。

“你说呢——”绢姨有点诡异地笑着，眨了眨眼睛。

“你们说，”妈妈突然开口了，“谭斐跟我们北琪，合不合适？”

“妈！”姐姐有点惊讶，有点生气地叫着。

“有什么不好意思的吗？”妈妈笑了，“你以为我跟你爸为什么每个礼拜都叫他来？要是你和谭斐……那是多好的一件事情。有你爸爸在，谭斐一定会留在这所大学里，你们当然可以一起住在家里。把你交给谭斐，爸爸妈妈还有什么不放心的？你——”

姐姐重重地放下了碗。她盯着妈妈的脸，一个字一个字地说：“你们是什么意思？你们知道我配不上谭斐！”

“胡说些什么！”妈妈瞪大了眼睛。

“什么叫胡说？”姐姐打断了她，“你看得见，长了眼睛的人都看得见，要不是因为讨好爸，他谭斐凭什么成天往咱们家钻？我就算是再没人要，也不稀罕这种像狗一样只会摇尾巴的男人！”

“闭嘴！”妈妈苍白着一张脸，真的生气了。

“北琪。”绢姨息事宁人地叫她。

“你们胡说。”所有的人都被这个声音吓了一跳。刚才的那场大人们的争吵中，她们都忘记了我。“安琪这跟你没关系。”绢姨有点急地冲我眨了一下眼睛。

“你们胡说。”我有点恶狠狠地重复着。我绝对、绝对不能允许她们这样侮辱谭斐，没有人有资格这样做。我感觉到了太阳穴在一下一下地敲打着我的神经，我的声音有一点儿发抖，“谭斐才不是你们说的那样，谭斐才不是那种人，你们这样在背后说，你们太卑鄙了。”我勇敢地用了“卑鄙”这个词。

“你懂什么？”妈妈转过脸，有点惊讶地望着我的眼睛。我没有退缩，跟她对视着。尽管我知道，也许妈妈会看出我的秘密来，可我还是要竭尽全力，保护我的谭斐。我在保护他的什么呢？我不知道。眼泪突然间开始在身体里回响，就要蔓延的时候我们都听到了电话铃的声音。感谢电话铃，我有了跑出去的理由。

听见妈妈在身后跟绢姨叹气：“她们的爸爸把她们宠坏了——”

我拿起电话，居然是刘宇翔。

“林安琪。”他的声音里有一种奇怪的沙哑，“你姐姐叫什么名字？”

“你问这个干什么……”

“麻烦你告诉你姐姐，我要追她。”说完这句话他就挂了，酷得一塌糊涂。

三 刘宇翔

就这样，又一个角色在姐姐的舞台上登场，以一个有点荒唐的方式。

我没有追问刘宇翔为什么喜欢上了姐姐，姐姐也该有个人来追了，虽然这个人有点离谱，也是好的。我没有了关心其他人的心情，原来我搞错了真正的情敌。原来这不关绢姨什么事，他们想把姐姐塞给谭斐。好吧，这下我更不会输了。等一下，如果不是为了绢姨，谭斐为什么总是来我们家？他知道爸爸妈妈心里想的吗？也许。谭斐难道会真的是为了姐姐？不可能的。难道说……我的心就在此时开始狂跳了。不对，林安琪，我对自己说，人家谭斐是大人，你还是个小孩子呢。可是那又怎样呢？世界上没有不可能的事情……天哪，我长长地叹着气：让我快一点儿长大吧，我就快要长大了不是吗？

我依然在午夜和凌晨时分画画儿。大块的颜色在画纸上喧嚣着倾泻，带着灵魂深处颤抖的絮语，我震荡着它们，也被它们震荡着。我听得见身体里血液的声音，就像坐在黑夜里的沙滩上听海潮的声音一样，自己的身体跟这个世界之外某种玄妙而魅惑的力量融为一体。我想如果是绢姨的话，她会用三个字来概括这种感觉："真性感。"性感，是这样的意思呀。

绢姨出去拍照的这一个礼拜，姐姐天天晚上都会到我的小屋来聊天，带着那种我从没见过的红晕。我们天南海北地聊，姐姐总是几乎一字不落地"背诵"她和刘宇翔今天电话的内容。刘宇翔采用的是他惯用的方式，"初级阶段"用比较绅士的"电话攻势"，尤其是对比较羞涩的女孩子。刘宇翔告诉过我："对那些好学生、乖乖女，欲速则不达也。"

"他问我周末什么时候可以出来。"姐姐仰着脸，对着窗外的夜空，抑制不住地微笑，"我说我下星期要考试了，很忙，你猜他怎么回答我？"姐姐转过脸，眼睛是被那个微笑点亮的，"他说：对不起，请你听清楚，我是问你什么时候有时间，不是问你有没有时间。"姐姐笑了，"他还挺霸道。"

鬼知道刘宇翔那个家伙用上了哪部片子的台词。"姐。"我有点不安地问她，"你不是就只见过他一次吗？""对呀，是只有一次，但是我记得他很帅的对吧？""他比你小三岁。""那又怎样？"姐姐问。"而且他是个'万年留级生'，就知道抽烟泡迪厅打群架。爸爸妈妈知道准会气疯。""有什么关系吗？"姐姐几乎是嘲讽地微笑了。"我没有问题了。"我像个律师那样沮丧地宣布着，有点不可思议地看着我笑得几乎是妩媚的姐姐。

很多年后的今天，我依然记得姐姐夜空下泛红的、可以入绢姨镜头的笑脸。我进了大学，看够了那些才十八岁却拥有三十八岁女人的精明的女孩，看够了她们用自己的头脑玩弄别人的青春，我才知道：那一年，我二十岁的姐姐，为一个十七岁的小混混在夜空下闪亮着眼睛微笑的姐姐，原来这么可爱。

周末姐姐自然是答应了刘宇翔的约会。那天早上，我们家的信箱里居然有一枝带着露珠的红色玫瑰。姐姐把它凑到鼻子边上，小心地闻着，抬起头笑了："安琪，我还是更喜欢水仙花的香味。"她的声音微微发着颤，脸红了。"拜托。"我说，"哪有这种季节送水仙花的？""也对。"她迟疑了一秒钟，然后拿起了电话，第一次拨出那个其实早已经烂熟于心的号码，"喂，刘……宇翔吗？是我，我今天有空。"

星期六的下午，我一个人坐在小屋里画画儿，听见姐姐哼着歌出门。"喜欢看你紧紧皱眉，叫我胆小鬼，我的感觉就像和情人在斗嘴……"姐姐的声音里有种很脆弱的甜蜜。我知道姐姐没看见过刘宇翔紧紧皱眉的样子，只不过在她的想象中，刘宇翔已经成了她的情人。爱情，到底是因为一个人的出现才绽放，还是早就已经在那里寂寞开无主地绽放着，只等着一个人的出现呢？想象着姐姐和刘宇翔约会的场景，我都替姐姐捏一把汗。她连平时的小考试都会紧张得要死，真不知道她有没有办法来应付刘宇翔那个有的是花招儿的家伙——比如，他们会接吻吗？如果刘宇翔坏笑着猛然俯下头去，姐姐懂得自然而然地迎上自己的嘴唇吗？很难讲，不过要是我的话，如果谭斐在某一天突然吻住我，我是知道自己该怎么办的。会有那一天的，我对自己说。

“早就想看看你的画儿了。”我被这个声音吓了一跳，怎么会——是谭斐呢。

谭斐对我微笑着——他的脸真的是完美——可那并不是我想要的微笑，“安琪，其实我早就想看看你的画儿，可以吗？”

“可以。”我自己都不知道自己在说什么。该死，我应该更大胆一点儿不是吗？

他走了过来，很有兴趣地看着我的画纸。“这么多的蓝色，”他说，“这幅画儿叫什么名字？”他笑着问我，就像在问幼儿园的小孩儿。

我冷冷地看他一眼，什么都没说。

“我想你画的是大海，对吧？一定是大海。”他依旧是那种语气，好像认为他是在帮助一个叼奶瓶的小朋友发挥想象力。

“《将进酒》。”我说。

“什么？”他显然是没听清楚。

“就是李白的那首《将进酒》，这些蓝都是底色，一会儿我要画月亮的。我要画的是喝醉了酒的李白眼睛里的月亮。”除了我的老爸和谭斐以外，我最喜欢的男人就是李白。“钟鼓馔玉不足贵，但愿长醉不复醒。古来圣贤皆寂寞，唯有饮者留其名”，真他妈的性感。“如果我是个唐朝的女孩，”我对谭斐说，“我一定拼了命地把李白追到手。”

“你要画李白吗？”他问我，明显认真了许多。

“不画，只画月亮，因为没有人可以画李白。”我说。

“我可以问，你想把月亮画成什么样子吗？”他专注地看着我，用他很深的眼睛。我低下头，每一次，当他有些认真地看着什么的时候，那双眼睛就会猝不及防地烫我一下。

“裸体。”我的脸红了，“膝盖蜷在胸口的女人的裸体。李白没有爱过任何女人，除了月亮，月亮才是他的情人。”我说得斩钉截铁。我没有告诉谭斐，我的这个感觉来源于一个叫《情人》的电影，是我和刘宇翔他们在一个肮脏的录像厅里看的。他们激动地追随着那些做爱的场面——术语叫“床戏”，可我，忘不了的是那个女孩子的身体，那种稚嫩、疼痛的美丽，苍白中似乎伤痕累累。“可是今天的月亮已经变成《琵琶行》里的那个女人了。‘弟走从军阿姨死，暮去朝来颜色故’。屈原李白杜甫们都死了，天文望远镜照出来她一脸的皱纹，再也没人来欣赏她。她是傻瓜，以为她自己还等得来一个李白那样的男人呢。”

谭斐有点惊讶地望着我。然后他慢慢地说：“安琪，你很了不起。”

“画好了以后我把它送给你。”说这句话的时候我的心都快要跳出来了，但还是勇敢地抬起头，注视着他的脸。

“谢谢。”他笑了。尽管那依然不是我想要的那种微笑，但我已经很高兴了。我低下头，装作调色的样子。我绝对不可以让他看出来我的手指在发颤，他会猜出来我喜欢他的。

客厅里一声门响，然后是姐姐的脚步声。

“姐你回来啦——”我叫着，跑了出去。

姐姐脸上没有那种我想象中的红晕，她现在反倒是淡淡的，就好像她是和平常一样刚从学校里回来。“姐，怎么样？”我急切地问。

“挺好。”她笑笑，像是有一点儿累的样子。

“再讲讲嘛——”

“没什么可说的，就是挺好。”她看着我，眼睛里全是奇怪的温柔。

“北琪你今天很漂亮。”谭斐对姐姐说。

“谢谢。”姐姐点点头，没有表情。

姐姐再也没有对我提过那天她和刘宇翔的约会。我不知道他们去了哪里，也不知道他们有没有接吻。只知道从那天以后的一个星期，刘宇翔只打过两个电话。接完第二个电话的那天，姐姐没有吃午饭，妈妈摸摸姐姐的额头：“是不是病了？”姐姐把头一偏：“没有。”我看见姐姐的眼里泪光一闪。

我拨通了刘宇翔家的电话："刘宇翔，你给我滚到学校来，我在操场等你。"

那是记忆里最漫长的一个下午。春天的风很大，学校的操场上扬着沙。我等了一个小时，两个小时，还差一刻钟就满三个小时的时候，刘宇翔来了。他的头发被风吹乱了，慢慢地，走到我的面前——我就站在国旗的旗杆下面，他一眼就看到了我。我们都没说话，我想如果有人在操场边上的楼里看着我们的话，会奇怪地发现两个在风中沉默的小黑点。

"林安琪……"

"刘宇翔。"我们同时开了口。

他说："你先说。"

"刘宇翔。"我问，"如果你不喜欢我姐姐，为什么要追她？"

"第一次见她的时候，"他慢慢地说，"可能因为是傍晚了吧，光线的关系，觉得她真像吴倩莲。可是真到约会那天，在阳光下看她，发现错了。对不起，我……"他困难地解释着，"我知道我说得不清楚，可是我承认，我承认决定追她是有点仓促了——"

"刘宇翔。"我打断了他，几乎是有点悲愤地打断了他，"我从一开始就有点担心，因为我知道我姐姐不够漂亮，不，不是不够漂亮，是很不漂亮，可是她善良——好像你们男生不太在乎这个。我还以为这一次，姐姐真的找得到一个人来爱她——”我重重地喘着气。

“林安琪。”他说，“只有你这种小孩儿才动不动就爱不爱的，我——”他笑了，“我不知道什么叫爱，我追女孩儿是为了泡，不是为了爱。”

“你浑蛋。”我说。

他看着我：“你再骂一句试试看。”

“浑蛋。”我重复。

他走近了两步，低下头，吻了我。一阵短暂的眩晕，远方的天在呼啸。

他放开我，开始点烟。可是风太大了，他按了好多次打火机才点着——他正点的点烟姿势因此变得狼狈。终于点着的时候，他瞟了我一眼——居然有点羞涩。

“刘宇翔你这个王八蛋！”我尖叫着扑了上去，打掉了他的烟和打火机。我不大知道自己在干什么，我骂尽了我知道的脏话。他扭住了我的胳膊，我挣脱不出来，于是我用膝盖狠狠地撞他的肚子。他真的被我激怒了，他开始打我，他的拳头落在我的背上、肩上。我撕扯他的衣服，用尽全身力气咬他的手臂。

有一双陌生的手从后面护住了我的背，把我们拉开。我依旧尖叫着，挣扎着，挥着拳头。我听见一个声音在吼：“你这样打一个女孩子你不觉得丢脸！”然后是刘宇翔的吼声："你自己问她是谁先动的手？！"那个陌生人紧紧地抱着我，箍着我的身体，他的大手抓住了我的小拳头。他说："好了，安琪，听话——"我终于安静下来。他不是陌生人，他是谭斐。

眼泪是在这个时候涌出来的。我梦想过多少次，在我无助的时候，谭斐会像从天而降一样出现在我的眼前。我还以为这种事永远只能发生在电影里，现在这变成了真的：他就在这儿，紧紧地搂着我。他的外套，他的味道，他的体温……可是我把我的初吻弄丢了，那是我留给谭斐的，刘宇翔那个浑蛋夺走了它。我哭着，我从来没有这么委屈、这么难过过。"安琪，乖，好孩子，没事儿了安琪。"谭斐的声音真好听。他理着我乱七八糟的头发，看着我，伸出手抹了抹我的泪脸，然后笑了。我也笑了，是哭着笑的。笑的时候发现嘴角里腥腥的，我想是刚才让刘宇翔的手表划破的。

他捧着我的脸："听我说，安琪，是你爸爸让我来学校找你的。我们必须马上到医院去。你绢姨出车祸了，很严重。"

"她会死吗？"我问。

"还不知道。"他说，"正在抢救，所以你爸爸才会让我来找你。"

我点点头。谭斐拉起我的手，我们走了出去。他的手真大，也很暖和。其实那家医院离我们学校特别近，可是记忆中，我们那天走了好久。是绢姨的灾难把那天的我还有谭斐连在一起的，这样近，要不是绢姨还生死未卜的话，我就要感谢上天了。绢姨的劫难就在这种温暖的瞬间里变得遥远，变得不真实，直到我看见手术室上方的灯光。

妈妈有点异样地望着我的脸。我这才发现原来谭斐一直拉着我的手。

我的手从谭斐的手里坠落的一瞬间，手术室的门开了，惨白的绢姨被推了出来。这么说她没死。我看见姐姐紧握着的拳头松开了，她的眼睛里终于有了一点儿算得上是“神色”的东西。爸爸妈妈迎上那个主刀的医生。医生白衣、白帽、白口罩，露着那双说不上是棕黑色还是深褐色的眼睛，像是个鬼。后来，一个身段玲珑的女护士走了出来，袅娜地扭着腰，怀里抱着的白床单上溅满了血。很多血，我奇怪我为什么依然认为我见到的是一条白床单。她心满意足地哼着歌，是王菲的《红豆》。

我走到了洗手间，打开水龙头，把水撩在脸上。从对面脏脏的镜子里看见了窗外的夕阳，火红的。我在自己那么多的画儿里向它致敬，为了它的化腐朽为神奇——经它的笼罩，再丑陋的风景也变得废墟一般庄严，再俗气的女人也有了一种伤怀的美丽；可是就是它，我爱的夕阳，跟我的姐姐开了这样大的一个玩笑。我模糊地想着，走出那间不洁净的洗手间。谭斐站在绢姨病房的门口，逆着夕阳，变成一道风景。可对我来说，这已经没什么神圣的了。

“安琪。”他有点不安地叫我，“安琪你怎么了？”

我想我快要睡着了。闭上眼睛的一刹那，我的眼前是一片让人目眩的金色，金色的最深处有个小黑点——我一定是做梦了，我梦见我自己变成了一块琥珀。

四 我

我生病了。妈妈说我倒在绢姨的病房门口，发着高烧。病好了回到学校以后，再也没见过刘宇翔，有人说他不上学了，还有人说他进了警校，我倒觉得他更适合进公安局。

绢姨正在痊愈当中。我和姐姐每天都去给她送妈妈做的好吃的。绢姨恢复得不错，只是精神依旧不大好。她瘦了很多，无力地靠在枕上，长长的鬈发披下来，搭在苍白的锁骨上。原来没有什么能夺走绢姨的美丽。我们终于见到了一直都很神秘的“奔驰”——个子很矮、长相也平庸的男人。他站在绢姨的床前，有点忧郁地望着她的睡脸。可是他只来过一次，后来就没有人再提绢姨的婚礼了。这场车祸让她失去了腹中的孩子，倒是省了做人工流产的麻烦，但是“奔驰”知道了她的背叛。还有一个秘密，妈妈说这要等绢姨完全好了以后再由她亲自告诉绢姨：绢姨永远不会再怀孕了。我倒觉得对于绢姨来讲，这未必是件坏事——不，其实我不是这么觉得，我这样想是因为我很后悔。要是我当时跟妈妈说了这件事，也许妈妈不会让绢姨出这趟远门的，至少会……也许这样，绢姨的婚礼就不会取消。想到这里我告诉自己：不，这不关我的事，绢姨本来就是这样的，不对吗？

绢姨出院以后又搬了回来，所以我和姐姐又一起住在我们的小屋里。不过姐姐现在只有周末才会回家。家，好像又变回以前的模样，就连那幅《纽约》都还依然挂在墙上。只不过，星期六的晚餐桌上，多了一个谭斐。妈妈的糖醋鱼还是一级棒，可是绢姨不再像从前那样，糖醋鱼一端上桌就像孩子一样欢呼，只是淡淡地扬一下嘴角，算是笑过了。所有的人都没注意到绢姨的改变，应该说所有的人都装作没注意到。倒是谭斐比以前更主动地和绢姨说话，可是我已经不再忌妒了。那次手术中，他们为绢姨输了很多陌生人的血。也许是因为这个，绢姨才变得有点陌生了吧。日子就这样流逝着，以我们每一个人都觉察不出来的方式，直到又一个星期六的晚上。

“我跟大家宣布一件事情。”我环顾着饭桌，每个人都有一点儿惊讶，“我不想去考中央美院附中了。”

寂静。“为什么？”爸爸问我。

“因为，我其实不知道我是不是真的那么喜欢画画儿。”我说，故作镇静。

“你功课又不好，又不喜欢数学，以你的成绩考不上什么好高中……”

“好高中又怎么样呢？”我打断了爸爸，“姐姐考上的倒是最好的高中，可要不是因为爸爸，不也进不了大学吗？”

“少强词夺理。”爸爸皱了皱眉，“姐姐尽力做了她该做的事情。你呢？”爸爸有点不安地看看姐姐。姐姐没有表情地吃着饭，像是没听见我们在说什么。

“那你们大人就真的知道什么是自己该做的事情，什么是不该做的吗？”

“你……”爸爸瞪着我，突然笑了，“安琪，你要一竿子打死一船人啊？”于是我也笑了。

“先吃饭。”这是妈妈，“以后再说。”

“安琪。”谭斐说，“你这么有天赋，放弃了多可惜。”

“我们家的事情你少插嘴。”姐姐突然说，“你以为自己是谁？”

满座寂静的愕然中，姐姐站了起来：“对不起，谭斐，我道歉。爸，妈，我吃饱了。”

绢姨也突然站了起来：“我也饱了，想出去走走，北琪你去不去？”

“还有我，我也去。”我急急地说。

至今我依然想得起来那个星期六的夜晚，刚下过一场雨，地面湿湿的，整个城市的灯光都变成了路面上缤纷的倒影。街道是安静的——这并不常见。汽车滑过路面，在交错的霓虹里隐约一闪，在那一瞬间拥有了生命。

绢姨掏出了烟和打火机。“你才刚刚好一点儿。”姐姐责备地望着她。绢姨笑了：“你以为我出来是真的想散步？”打火机映亮了她的半边脸，那里面有什么牵得我心里一疼。

“北琪。”她长长地吐着烟，“知道你有个性，不过最起码的礼貌总还是要的吧？”她妩媚地眯着眼睛。绢姨终于回来了。

姐姐脸红了：“我也不是针对谭斐。”

“那你就不该对谭斐那么凶！”我说。

“你看，”绢姨瞟着我，“小姑娘心疼了。”

“才没有！”我喊着。

“宝贝，”绢姨戏谑着，“你那点小秘密瞎子都看得出来。”

“绢姨，”姐姐脸上突然一凛，“你说什么是爱情？”

“哈！”她笑着，“这么深奥的问题？问安琪吧——”

“我是认真的。”姐姐坚持着。

“我觉得——”我拖长了声音，“爱情就是为了他什么都不怕，连死都不怕。”

“那是因为你自己心里清楚没人会逼你去为了他死。”绢姨说。我有一点儿恼火，可是绢姨的表情吓住了我。

“我爱过两个男人。”她继续，“一个是我大学时候的老师，另一个就是……”她笑着摇摇头，“都过去了。”

“另一个是谁？绢姨？”我急急地问。是那个让她怀了孩子的人吗？现在看来不大可能是谭斐。总不会是我爸爸吧？一个尘封已久的镜头突然间一闪，我的心跳也跟着加快了。

“安琪，问那么多干吗？”姐姐冲我使着眼色。

虚伪。我不服气地想：你敢说你自己不想知道？

一辆汽车滑过了我们身边的马路，带起几点和着霓虹颜色的水珠。绢姨突然问：“我住院的那些天，他真的只来过一次吗？我是说——后来，在我睡着的时候，他有没有来过？”

“他是谁？”我问。

“没有。”姐姐和我同时开的口，“不，我是说，我没有见到。”

“那个孩子是一个大学生的。”绢姨静静地说，“我们就是一群人去泡吧——我喝多了……本来觉得没什么的，本来以为做掉它就好了……”她眼眶一红。

“绢姨。”姐姐拍拍她的肩膀。

“我太了解他了，”灯光在绢姨的眼睛里粉碎着，“他不会原谅这些。不过这样也好，我就是这样一个女人。要是我们真的结了婚，说不定哪天，他会听说我过去的事情，那我可就真的惨了。”绢姨笑笑。

谁都想到了，就是没有想到他。我还以为绢姨不过是看上了那辆奔驰，我还以为他不过是有了香车还想要美女。那个个子很矮、长相平庸的男人，我的绢姨爱他，我美丽的绢姨。

那天晚上姐姐回学校去了，当然是谭斐陪姐姐回去的。我一个人躺在床上，我睡不着。我也不想画画儿。这是第一次，在很激动的时候，我没有想到用颜色去宣泄。我知道了一件我从来都不知道的事，它超出了我的边界——就是这种感觉。闭上眼睛，我的眼前就会浮现错落的霓虹中，绢姨闪着泪光的眼。可是姐姐就知道这一切。我想起那天，姐姐告诉我绢姨怀孕时那一脸的忧伤。原来姐姐之所以难过是因为绢姨背叛了她自己的爱情。是从什么时候起，姐姐了解了这么多呢？

妈妈在外面敲着门："安琪，天气热了，妈妈给你换一床薄一点儿的被子。"

妈妈进来，换过被子以后，她坐在床沿，摸着我的头发："安琪，爸爸和妈妈都觉得，你会更优秀。"

"噢。"我心不在焉地应着。

"安琪。"妈妈继续着，"你发烧的时候，一直在叫'谭斐'。"

我抬起头，愕然地看着妈妈的脸。

"妈妈不知道你为什么不想去考中央美院附中，但我觉得这和谭斐或多或少有些关系。宝贝，妈妈也有过十四岁——”妈妈笑了，“可是妈妈现在回想起来，觉得如果我真的跟我十四岁那年喜欢的男人结婚，我会后悔一辈子。安琪，爸爸和妈妈觉得你是个有天赋的孩子，你的一生不可能被圈在一个城市里，你应该而且必须走出去；至于谭斐呢，是个不错的年轻人，所以我们很希望他跟你姐姐……但是你，妈妈知道将来安琪的丈夫是个优秀的男人，而不仅仅是‘不错’而已，你懂了吗？”

“不懂。”我说。

“我十四岁那年喜欢的是宣传队里一个跳舞的男孩。”妈妈说，“那个时候我只能坐在台下，仰着头看他。妈妈今年四十岁了，如果我跟他生活在一起，大概今天我不会再抬着头看他，因为一个四十岁的女人，她知道世界上还有你爸爸这样的男人。安琪，爸爸妈妈爱你们，所以我们要为你的前途尽一切力量，我们也要为了你姐姐一辈子的幸福尽一切力量。安琪是好孩子，不要给姐姐捣乱，明白了？”

妈妈亲亲我的额头，走了出去，轻轻地关上门。

我最终还是去考了中央美院附中，不过我没有考上。

放榜那天我挤在黑压压的人群里，意料之中地没有找到我的名字。周围有人开始欢呼，有人开始大哭，有人踩了我的脚。一切都变得像个站台，印象中，站台上总是难过的人多些。北京真是个大城市，我想，容得下这么多的人。

回来后我的老师拍着我的肩膀："安琪，这没什么，很多大画家年轻的时候都不被人赏识。"

这话对我没用，因为就算那些人年轻的时候不曾被人赏识，他们毕竟成了大画家。只有成功的人才有回忆"不堪回忆"的资格。回到家以后我最不想见的人就是绢姨，因为最终让我决定去考这个倒霉的学校的人，是她。

那是一个碰巧只有我们两个人在家的下午。那段时间我正和爸爸妈妈僵持着，我不肯去美术老师家上课，妈妈只好给老师打电话说我不舒服。就是那个下午，绢姨走到我面前，像所有的人一样问我到底为什么不愿意去考中央美院附中。我已经受够了这个问题，所以我跟她说不考又死不了人。

绢姨看着我，问："你是害怕考试，还是害怕考上？我想是后者，对不对？"

"你为什么这么问？"我盯着绢姨，"你也跟我妈妈一样，以为我是害怕去北京念书就要离开谭斐对不对？"我的声音不知不觉间抬高了，"为什么你们大人都这么喜欢自作聪明呢？你们以为我这些天过得很高兴是不是？告诉你，我不想去考是因为我害怕画画儿了。再这样画下去，我不知道什么是真的，什么是假的。"眼泪闯进了我的眼眶，可我依然倔强地仰着脸，"我画出来的东西都不是真的，可是我自己画完以后就会觉得它是真的，可是它总归还是假的！我不想变成一个一辈子都分不清真假的人！你们每一个人都要问我为什么，我真的说出来你们会懂吗？”

“这么说，你怕的还是考上？”绢姨的语气依然安静。

“就算是吧。”我几乎是咬牙切齿地说。

“你还没有去考，你怎么知道你一定考得上？”她慢慢地说。

这句话打中了我。

“你知不知道对于很多人来讲，你想的东西都太奢侈了？因为你从小什么都不缺，你不知道有很多人想要考上这个学校是想改变自己的命运。我在北京拍过那些孩子们，从很偏僻的地方来，父母把家里的东西全都卖掉，带着他们到北京租一间十几平方米的小屋子，为了考音乐学院附中和美院附中。跟这种孩子们竞争，你有什么资格这么轻松地担心自己考上之后会怎么样？你从来就没见过这个世界是什么样的，你凭什么以为一切都在你自己的掌握之中？”

我看着绢姨，她从来没有像今天一样让我惊讶。她原来是如此犀利，甚至是凌厉的。她的话像子弹一样击穿我心里一个很深的地方，然后她宁静地微笑着，似乎是欣赏她的照片一样欣赏我赧然的表情。我被激怒了，仔细想想那段时间我真像一只很容易就被激怒的小母狮子，我跳起来，对她大声地说：“好，我去考！我倒要看看中央美院附中是不是救济院，谁苦谁难谁可怜才会收谁！”然后我就怒气冲天地一边收拾起我的画具，一边告诉绢姨：“麻烦你跟我妈妈说，我去老师家上课。”摔门的时候听见绢姨似乎是在给妈妈打电话：“姐，没问题了。”

结果是：我知道了中央美院附中不是救济院，虽然它没有收不苦不难也不可怜的我。我不想看见绢姨，但她还总是在家里晃来晃去的，有时还跟妈妈开开玩笑：“姐，安琪好像没有原来那么嚣张了。”全家人都不在我面前提中央美院附中的事，这也是最让我恼火的一点儿。那是记忆里最漫长的一个夏天，我的分数本来只能进我们这个城市最烂的高中，可是我却收到了姐姐那所高中的录取通知——我是作为美术特长生被录取的。大家都很高兴地在饭桌上议论着要把这件事儿放在我十五岁生日那天庆祝，就连谭斐都跟着起哄。这群无聊的人，这样对我表示一下同情似乎是为了感动他们自己。只有姐姐，有天晚上她走到我的房间里来，跟我茫无头绪地聊了一会儿，突然涨红了脸说：“安琪，其实我一直都觉得你的画儿很棒。”然后她就手足无措地走出去了。这是我那些天里听到的最舒服的一句话。

我在那个漫长的夏天里冬眠。每天把空调的温度调到很低再裹上大棉被睡长长的午觉。拒绝出门，看着窗外繁盛到让人觉得下贱的绿意，觉得这和自己无关。那个暑假里只完成了一幅画儿，我把我家的空调画了进来。只不过我把它画成了长满铁锈的样子：巨大的空调，掺着淡金色的灰黑，开着大朵的红色铁锈，庞大的蒸汽发动机连在后面——我画的是19世纪工业革命时候的空调，如果那个时候有空调的话。我一直都很喜欢工业革命时候的老机器，它们都有很笨拙、很羞涩的表情，就像一只被使用了很久的萨克斯风。这个不太灵光的老空调忠于职守得过了分，把整间屋子变成了北极。窗外，还是夏天，我摔打成片的绿色时毫不犹豫，一只熊栖息在夏天的树荫里，望着窗里的空调，还有窗玻璃上美丽绝伦的冰花，一脸莫名其妙的表情——湿漉漉的小鼻头有点忧伤。

这幅画儿我画得很慢，很艰难，经常是画着画着就必须停下来。因为大脑空了。也许不是大脑，是那从前沉睡着好多颜色的身体最深的地方出了问题。我找不到那种喷涌的感觉——所有的颜色像焰火一样在身体的黑夜里开放——现在我得等。我想是我的身体停电了。可是当我画完最后一笔的时候，我才看出来，这幅画儿里有一种不一样的地方。这次，我是完全靠自己画完的，我是说没有那个浪潮般的力量的推动，我从来没有像画这只熊一样这么具体地画出一种表情。以前我以为自己不屑于画这种东西，现在明白，我过去不是不想画，是画不出。

血液的温度冷了下来，我冷冷地拒绝刘宇翔曾经的那些死党打来约我出去疯的电话，我冷冷地看着谭斐开始一次又一次地约姐姐出去看电影。姐姐心情好的时候也会答应他的邀请，不过脸上永远是一副在嘲讽什么的表情。只有画着那只熊，我心里才会漾起一些温情。于是我知道，我还是爱画画儿的。我终于辨别出，曾经我对画画儿的爱里，原来掺了那么多的虚荣：我想被赞扬，想被忌妒，想被羡慕，想听掌声。当这一切远离，我才发现不是我选择了画画儿，是画画儿选择了我。

某一个午后，谭斐和姐姐一起从外面回来。姐姐在浴室冲澡的时候，谭斐看着客厅墙上的《熊和老空调》。他突然对我说："安琪，你想不想去看看熊？你不能总这样窝在家里。"于是我们顶着烈日坐上开往动物园的公交车。我们选择了一天中最愚蠢的时候，人的脑袋热成了糨糊。买票的时候我突然问谭斐："你说，开这路公交车的司机会不会很高兴？终点站是动物园，每天都可以拉很多高高兴兴的小孩儿。"谭斐笑着揉揉我的头发："你是日剧看多了吧？"我大声说："对，要让柏原崇来演司机——本来是个大学生，因为失手杀了人才来换一种生活逃避现实！"谭斐笑着接口："要让藤原纪香来演每天坐这班公交车的饲养员——原本是个富家小姐，只是不喜欢那种'被束缚的生活'！""不会吧——你喜欢她？"我叫着。我们一起开怀大笑。很久没有这么开心了。远远地动物们的气息飘了过来，它们近在咫尺。

"安琪。"谭斐说，"你笑的声音很好听。"

我看着他，脸突然一热。我知道他来这儿完全是为了让我高兴，我说："谢谢。"

那只大熊还在睡午觉，棕色的毛均匀地起伏着。动物园里人很少。知了悠长地叫着，那种声音听多了会觉得悲怆。熊的味道扑面而来，很难闻，可是有一种泥土的气息。我们站在笼子外面的树荫里，静静地看着它。“它会翻身吗？”我小声问谭斐。“会吧。”他的语气一点儿都不肯定。熊的耳朵灵敏地耸了耸。“被我们吵醒了？”我惊讶地压低了声音。还好它睡得依旧酣畅，让人羡慕。

“谭斐，你有没有看过《恋爱的犀牛》，就是那出话剧。”我问。

“小姐，你忘了我是话剧社的社长？”

“你喜欢那出戏吗？我蛮喜欢那个故事，可是我讨厌那个结局。他居然把犀牛杀了，凭什么呀？可是我爸爸就说是我不懂，他说男主角杀犀牛只是一个象征——那只犀牛是他在这个世界上唯一的希望，那象征着他已经绝望了。可是我就是讨厌他们这样象征。他们有这个权利吗？谁知道犀牛自己想不想死？谭斐你懂我的意思吧？”

“我懂。”谭斐看了我一眼，笑了，“我想那个写剧本的人，一定是从小就生活在大城市里的。如果她像我一样，有过跟大自然很亲近的经历的话，她就不会这样安排结局。”

“那我也是从小在城市里长大。”我不同意地说。

“所以说你很了不起。”谭斐肯定地说。

“你开玩笑吧。”我低下了头，“以前我也以为自己很了不起，其实根本不是那么回事。我去考试的时候见到了很多人的画儿。他们才是真的了不起，对于自己落选我一点儿都不意外。”这是我第一次主动跟人谈起那场考试，“谭斐，可是我喜欢画画儿，就算永远有很多人比我画得好，我也还是想画画儿。”我抬起眼睛。他还是用我最习惯的眼神，认真地看着我。我不好意思地笑了，“我就是想找个人说说，说说就好了。”

“谁都得低头，”谭斐说，“不管因为什么。我像你这么大的时候也狂得要命，那是因为我觉得没有人比我更热爱‘文学’这个东西。我妈妈是苗族人，她没念过什么书，汉语都讲得不大好，可是她特别喜欢听我给她念我写的东西。她喜欢听我写的我们那个小镇，尽管那是她再熟悉不过的。她听到我写她的时候脸都会红。当然她也喜欢听我写的想象出来的城市，尽管我俩都没去过那么远的地方。我在中学里办文学社，自己走遍了山路去搜集湘西各个民族的民歌。你猜我给校刊起了什么名字？《山鬼》。”他的眼睛亮了。我想我的也是。

“有一天我走在山路上，走累了，坐下来。你知道，我一直都怀疑这件事是不是我自己搞错了，因为那简直像梦一样。”他眨眨眼睛。

“你快点说嘛！”我急了。

“我听见头顶上有一阵很奇怪的风声，然后我就顺着那棵大树往上看，是一只狼，雪白的母狼。后来没人相信我的话，其实我自己也不太相信。它就在比我高出四五米的石头上卧着，很安静地看着我。我连害怕都忘了，因为它看我的眼神简直可以说是‘妩媚’。不知道它怎么会是雪白的。然后它就立起来，摆摆尾巴，似乎是笑着看了我一眼，轻轻一跳，就不见了。山鬼，只有这两个字可以形容它。所以我们的校刊才有这个名字。我妈妈说，我看见的是狼神。然后我就写它，写它的时候我真高兴，好像诺贝尔奖就等着我去拿。”他笑了。

“人都会经历这样的阶段。”他正色，“从一开始以为这个世界上只有自己，到明白自己的天赋其实只够自己做一个不错的普通人。然后人就长大了。”

“可是谭斐你一点儿都不普通。”我摇头。

“谢谢。”他微笑，“做普通人没什么不好。为了变成一个不普通的人，学习做普通人是第一课。你知道吗安琪，大学四年里我很用功，很努力，可我还是费尽心机才考上你爸爸的研究生。你知道我的硕士论文会写沈从文，因为你爸爸最喜欢他；可是我，我喜欢的是郭沫若。应该说，我能理解他。没想到我大三那年暑假跟老师一起去过一个研讨会，吃饭的时候跟你爸爸同桌，他们聊天说起郭沫若，你爸爸说他丢尽了中国文人的脸……”谭斐摇摇头，“我那个时候已经在准备毕业论文了，还好上天可怜我，让我早一点儿知道不该写郭沫若。”他笑着，“安琪，我尊敬你爸爸，不过有时候他太自信。”

“谭斐。”我突然问，“你为什么要对我说这些？”

他说：“因为我们是朋友。还因为——”

“还因为你想告诉我，我终有一天也会发现自己是一个‘不错的普通人’吗？”

“不是。”他很认真，甚至是严肃地打断我，“安琪，你不普通。我看你的画儿的时候就这么想。要说我这个人唯一的过人之处，恐怕是我能在一秒钟之内看出来谁有才华，而谁没有。你总有一天会让所有的人大吃一惊，会远远超过你的绢姨，只不过你还需要时间。”

“你怎么能说这是你‘唯一的过人之处’呢！”我热切地望着他的脸。

“因为我见过天才呀。”他又像揉小猫一样揉着我的头发。那只大熊不知什么时候已经醒来了，呆呆地坐在那里，身上沾着稻草，对我们视而不见——也许还在回想刚才做的梦吧。

“春天的时候，你爸爸收到一封信和一篇论文。”谭斐安静地继续着，“那是个太天才的家伙。本科读的是计算机，考了哲学系的硕士，明年又想做你爸爸的学生，读中国现代文学的博士。这在别人几乎是不可能的事情，但……”他笑笑，“我看过那家伙的论文，我必须承认人和人之间有差别。明年我硕士就要毕业了，可是你知道吗，明年你爸爸只会在本校的硕士生里招一个博士生。安琪，我看得出你爸爸有多欣赏他，我也看得出来他已经开始为难了。”他长长地叹了口气。

“所以，你希望在明年之前追上我姐姐，对吗？”我仰起脸，第一次这么无遮无拦地看他的眼睛。他有点不自然地笑笑，转过了视线。“我早就说你了不起，你还不承认。”他避重就轻地调侃着。

“你喜欢我姐姐吗？”我固执地坚持。

“安琪。”他看着我的脸，“我答应你，我不会……我是说，我尽最大努力，不去伤害北琪。不过我倒觉得她不大可能喜欢上我，这样也好。还有，我已经考了托福，申请了几所美国大学的东亚系。我也知道希望不大，尤其是我没有经济来源，只有申请到全额奖学金才有出去的可能，可是……”

“可是一定要试一试！”我激动地打断他，“我相信你……”

“那你也不用这么激动吧。”他戏谑地笑着。

“我——相信你现在会去给我买冰激凌。”我快乐地叫。

“还吃？！”他瞪大眼睛。

“刚才吃的是巧克力的和柳橙的，还没吃草莓的呢！”

“你赢了。”他开心地叹着气。

我站在七月的阳光里，和孤独的熊一起凝视着你的背影，谭斐，我心里涨满了一点一滴的疼痛。刚才，或者说现在，似乎发生过了一些事情。比方说，我知道了你并不完美——谢谢你这么相信我；比方说，现在的你无心去顾及一个孩子对你的迷恋——但你知道吗，我现在已经不害怕看着你的眼睛了。不过谭斐，看着你挺拔的样子，我还是好喜欢你。

五　姐姐，姐姐

秋天来了，我变成高中生了。九月里妈妈还是像往常那样买回好多很大很甜的紫葡萄，然后嘱咐我一次不可以吃太多；依然像往常一样，做了好吃的以后让我或是姐姐给绢姨送去——绢姨已经搬回她的小公寓了。只不过有一点儿不同，我开学以后的第一个星期五，晚餐桌上的谭斐变成了江恒。

七点钟的时候门铃一响，我去开门。可是门外没有谭斐，只有爸爸和一个瘦瘦的、看上去有点高傲的家伙。爸爸不太自然地微笑着："谭斐说，他今天晚上有事不能来。"

如果我没记错的话，整整一年过去了。一年前的这个时候，我跌进谭斐明亮而幽深的眼睛里，再也看不见其他的东西。今天，是这个江恒坐在我的对面，我知道他就是谭斐说过的那个太天才的家伙。我冷静，甚至略带敌意地打量他，他长得没有谭斐一半帅，可是他的眼神里有一种我从没见过的东西。如果把那些骄傲、冷漠，还有我认为是硬“扮”出来的酷一层又一层地剥掉的话，里面的那样东西，我凭直觉嗅得出来一种危险。

妈妈也有一点儿不自然，我能看出来。虽然她还是用一样的语气说着：“江恒，你一定要尝尝我的糖醋鱼。”可是她好像是怕碰触到他的眼神一样侧过了头：“绢，要不要添饭？”我想起来了，当他和绢姨打招呼的时候，没有半点儿的惊讶或慌乱。这不寻常。我想，是因为他不平凡，还是因为我的绢姨已经太憔悴？我想两样都有。

车祸以后的绢姨抽了太多的烟，喝了太多的酒。更重要的是，现在已不大容易听见她甜美而略有点放荡的大笑了。我胡乱地想着，听见了门铃的声音。这一次，是姐姐以一个醒目的方式出现在我们面前。

“你是谁？”姐姐还是老样子，一点儿都不知道掩饰她的语气。

“江恒。”他冷冷地微笑一下，点点头。

“北琪，坐下。你想不想吃……”

“不用了，妈。”姐姐打断了妈妈，“我要和谭斐去看电影。”

爸爸笑了：“噢，原来这就是谭斐说的‘有事’。”姐姐看了他一眼，然后对我说：“安琪，你想不想去？”

“安琪不去。”还没等我回答，妈妈就斩钉截铁地说，

“一会儿吃完饭我要带安琪去我的一个朋友家。”我看见江恒轻轻地一笑。

晚饭以后我一个人在客厅里看《还珠格格》，爸爸和江恒在书房里说话，我特地把电视机的音量调得很吵。我们当然是没去妈妈的朋友家。妈妈和绢姨一起在厨房里洗碗，水龙头的声音掩盖了她们的谈话。我似乎听见绢姨在问妈妈：“姐，你看北琪和谭斐，是不是挺有希望的？”妈妈叹着气，什么都没说。

爸爸跟江恒走了出来。我听到爸爸在对他说：“跨系招收的学生是需要学校来批准的，不过我认为你有希望。”

“谢谢林老师。”江恒恭敬地说。

妈妈跟绢姨也从厨房里走了出来。“姐，我回去了。”绢姨理着耳朵边的头发。

“你住得离这儿很远？”江恒突然问绢姨。

“不。”绢姨答着，“几条街而已，走回去也就十几分钟。”

“我可以先陪你走回去，再去公交车站。”他不疾不徐地说，望着绢姨的脸。

“不必了。”绢姨勉强地笑着。

“也好。”爸爸说，“这样安全。”

于是他们一起走了出去，然后爸爸妈妈也走到里面的房间。我听见他们在很激烈地争论着什么，客厅里又只剩下了我。我嗅到了风暴的气息。十一点钟，姐姐回来，那气息更浓了。打开灯，我听见自己的心跳声。然后我爬起来，画画儿。我已经很久没有在午夜里恣情恣意地飞了，因为我的作业在一夜之间变得那么多。我表达着这种山雨欲来的感觉，画着鲜艳的京剧脸谱的迈克尔·杰克逊在幽暗的舞台上跳舞，那双猫一样性感而妩媚的眼睛约略一闪，舞台的灯光切碎了他的身体。他微笑的时候唇角的口红花了一点，就像一缕血丝。虽然我自己为不能百分之百地表达杰克逊的魅惑而苦恼，可是老师看过之后，还是决定将它展出。冬天，老师要为他的十几个学生开集体画展，这中间当然有我。

江恒已经变成“星期六晚餐”的常客了。晚餐之后当然还是顺理成章地送绢姨回去，江恒代替得了“奔驰”吗？至少我不希望这样。谭斐也会来，他跟江恒“撞车”的时候倒也谈笑风生，不显露一点儿尴尬。他约姐姐出去的时候总也忘不了问我想不想一起去。对我而言，这已经很幸福了。妈妈已经把他看成姐姐的男朋友，每次给姐姐买新衣服以后总是问谭斐觉得好不好看。这是一场战争，是江恒和谭斐的，也是爸爸和妈妈的。姐姐倒还是一如既往地平静，就像台风中心那个依然风和日丽的台风眼。饭桌上我依旧很乖，我不愿意抬头，因为一抬头就会看到姐姐和谭斐并排坐着的画面，我不喜欢。那会让我的心里一疼。

是在一天傍晚看到谭斐和姐姐一起回来的时候，疼痛突然间绽放的，牵扯着内脏和比内脏更深的地方，有时候它突然咬住某一点狠狠一叮，有时候排山倒海地袭来。我手足无措地咬紧牙忍着。不要紧，我对自己说：谭斐并不是真的喜欢姐姐，不对吗？姐姐也不会喜欢谭斐的，至少现在还不喜欢。这个我看得出来。可是姐姐的脸上已经不是总挂着那种讽刺的微笑了，反倒还有一丝快活，这又算什么，又是为什么呢？

在南方的某个温暖潮湿的傍晚，我给罗辛讲起我们的故事。每一幕都异常清晰，可是讲到这一段的时候，我自己也很糊涂。是因为那些日子里发生了很多事情，还因为我自己变了太多，那些事情在我的心里早就不再是当初的模样。讲述的时候，我常常会有点混乱，正在讲述的，是十五岁的我还是十九岁的我呢？还好罗辛听得很认真，从不提任何问题。

十一月，天气渐冷，清晨的空气里已经有了冬天的气味。绢姨重新忙碌了起来，也重新美丽了起来。都是拜江恒所赐，忙碌的原因，是她开始为江恒将要出版的诗集配照片；美丽的原因，还用我说吗？不过我还是很高兴地看着绢姨背着沉重的相机，手也不洗就冲到餐桌旁的样子。“安琪。”她快乐地叫着，“你愿不愿意给江恒的诗集画封面？”我本来是不想的，可是当我读到他的诗时，不得不承认，这个家伙的句子让我深深地心动。于是我也忙碌了起来，我画了很多张，可是我总是画不出江恒诗里的那种饱满，还有一种我不了解的东西。“都很好嘛。”绢姨快乐地说。

“不。”我摇头，“不好，都不太像江恒。”

“江恒。”绢姨出神地念着，“江恒，多好听的名字！”我看着她陶醉着并且娇媚着的脸，知道她的伤痛又痊愈了。

“不如就画一条大江好了，简单点，‘江恒’嘛。对不对……”绢姨继续梦游着。我的心里则像触电般如梦初醒：一条大江。我怎么就没想到呢？还是恋爱中的女人最聪明。

于是我花了几天的时间画那条大江。我画得很用心，在饭桌上甚至肆无忌惮地盯着江恒的脸，想从他的身上听见那条大江的声音。很遗憾，我寻不到任何蛛丝马迹。倒是注意到他现在在饭桌上已经理所当然地坐到了绢姨的旁边。“小丫头，你看上我了？”有次爸爸妈妈都不在座的时候，他戏谑地对我说。

“胡说八道些什么？”绢姨用筷子头打了一下他的手背，斜睨着他的眼睛，然后又用纤细的手指轻轻按着他的手，“没打疼你吧？”这时候妈妈从厨房里走了出来，我看见她轻轻地摇了摇头。

“我想，森林是吸着土地的血才能长大。我家乡的土地很贫瘠，所以我的童年是在一个没有树木的村庄度过的……”上面那句话，出自江恒诗集里的自序，我还记得我第一次读到它的时候心里那种冷冰冰的感动。有一天我和罗辛闲得无聊，我一时兴起就跟他玩了一个游戏，我告诉他我会念四段现代诗，这里面只有一段是个大诗人写的，让他猜是哪一段。但事实上，我念了两句翻译得很烂的波德莱尔还有叶赛宁，念了两句顾城的败笔（我敢保证他从没听过这些名字），最后，我清清嗓子，背出来江恒写的《英雄》：

没倒下的，是死去的树；
倒下的，是没有腿的战马，
你寂静地立着，
风吹疼了，你流血的肩膊。

罗辛说："我选D，肯定是最后一个，前三个都太业余了……"我告诉他真相以后，他愤怒地弹了一下我的脑门，说："坏女人。"

我那条大江在农历的霜降那天完成。我在画面里一个很深的地方画上了一只豹子，它面无表情地望着这一江水，眼睛里全是在长夜里跟"秦时明月汉时关"相互取暖后的冷酷。那天妈妈包了好多饺子要姐姐给绢姨送去，我也正好要把那幅画儿交给绢姨，于是我们一起走到已经萧瑟了的马路上。风挺冷的，唯一有点热气的是那只装满饺子的保温壶。

“你又忘了戴手套了。”姐姐把她的手套摘下来递给了我。

“你呢？”

“我不要紧。”姐姐说。

“那我来提这个壶，你把手放口袋里吧。”我说。

“好。”姐姐笑了。

“姐……”沉默了一会儿，我突然问，“你，你原来，不是很讨厌谭斐吗？”

姐姐看着我，她又笑了：“安琪，你放心。”

“什么意思嘛——”我的脸上一热。

“就是这个意思。”姐姐笑着，“你放心好了。”

我没有忘记姐姐冷风里的笑脸。

走到绢姨家楼下的时候，我们都听见楼上传来的什么东西的碎裂声，还有绢姨声嘶力竭地叫：“你给我滚……”然后江恒跑了下来，依旧面无表情，只是看到我们时才略有一点儿慌张。我们跑上去，门敞着，绢姨抱着膝盖，蜷缩在小小的沙发上，台灯碎了一地。

“绢姨。”姐姐迎上去，扶住她的肩膀。

绢姨笑了笑，说：“没事。”然后她又开始点烟，那支烟颤抖着，好不容易才靠近打火机的火苗。她深深地吸了口气，她说：“我告诉他，我再也不能生小孩。”她停顿了一下："你猜他说什么？他问我：'你这是什么意思？'还说，这样他就不用成天想着戴套了。"她喷出一口烟，微笑，"所以我叫他滚。"

姐姐握紧了她的肩膀。"绢姨。"姐姐叫她，"绢姨。"她深深地望着她的眼睛，"看着我。"

绢姨愣了一下，我也是。姐姐说："我会保护你。"

几秒钟的寂静之后，我突然说："你们吃饺子吗？"直到现在我都觉得，我实在太幽默了。

我小时候，爸爸跟我说：世界上的小孩子都是好人，大人都是坏人。小孩子长大之后就会变成坏人，可是再坏的大人生的小孩子都是好人。

推开爸爸办公室的门时，我突然想：从现在起，我就要变成坏人了。

爸爸有点惊疑地看看我："安琪，你怎么来了？"

"爸。"我静静地说——我认为这样的镇静应该是坏人的语调，"你不能让江恒做你的学生。"

"安琪。"他笑了，"大人的事情跟你没有关系。"

"有。"我斩钉截铁，"爸，江恒他是个骗子。他跟绢姨在一起，他跟绢姨做爱，可是他根本就不想娶绢姨，他不是个好人。"

"安琪。"爸皱了皱眉头，"谁叫你来说这些的？"

“是我自己要来的。”我看着他，“我刚刚从绢姨那儿回来。绢姨是真的喜欢他，绢姨都告诉他自己不能再有小孩。那还不是真心待他吗？可是你知道……”

“我知道你绢姨可以‘真心’待任何男人。”爸爸打断了我。

“爸？”我瞪大了眼睛。

“安琪，爸爸当你是大人，所以跟你这么说。我没有权力干涉江恒的私生活，我希望他做我的学生是因为他是个天才，而不是因为他对得起或对不起哪个女人。如果他伤害的是你姐姐，那是另外一回事；可是你的绢姨——安琪，你们小孩子不会懂这些——你绢姨不被人爱是因为她不自爱。她受伤害未必是因为那个男人品质不好。懂吗？”

“可是现在这样姐姐就不会受伤害了吗？爸，你看得见，谭斐已经在追姐姐了——”

“全是你妈不好。”爸冷笑着，“你知道她现在也天天跟我吵。就为了给你姐姐找个丈夫，我就得放弃一个几十年才出一个的人才。何况是个人就看得出来北琪跟谭斐不大可能，真不知道这帮女人的大脑是怎么长的。安琪，”爸爸突然很认真地看着我，“爸爸不希望你变成这样的女人。这是大人的事，等你长大以后就会明白爸爸为什么这么做。”

“爸，”我仰起脸，“谭斐对你，已经没有用了是吗？”

“安琪，”爸爸无奈地笑着，“话不是这么说的，而且我并没有最后决定……”

“你骗人！”我叫着，“那是因为你自己心里也觉得对不起谭斐，你这么说也不过是给你自己找理由！”突然间，我心里很难过，“爸，我不想让谭斐因为这个来追姐姐。我害怕他追上姐姐，也害怕他追不上。爸，”我含着眼泪看着他的脸，“我喜欢谭斐。等我可以结婚了，我就要嫁给他。”

爸爸看着我，他突然笑了一下，揉揉我的头发：“爸爸的小安琪也长大了。”

那天的谈话就是这么结束的。然后爸爸拉着我的手，我们去大学对面的那家麦当劳吃的午饭。我吃了一个巨无霸，还有六块麦乐鸡，当然还有薯条可乐。爸说我再这样吃下去就别想让谭斐喜欢上我了。小时候，要是妈妈中午在医院里回不来，姐姐在中学里吃午饭，爸爸就会带我到这儿来。不过那个时候我吃不了这么多。姐姐还生过气，说爸爸偏心，爸爸会说那是因为姐姐的中学离这里太远。现在我才想起来，我已经很久没有跟爸爸一起吃麦当劳了。

接下来的日子里，每个人都在忙。我忙着年底的画展，妈妈忙着撮合姐姐和谭斐，绢姨一边忙着江恒诗集的收尾工作，一边借着这份忙碌忘记着江恒。只有姐姐看上去比以往更从容。大四本来就没有多少课了，她有很多时候都留在家里，偶尔周末的时候跟谭斐约会，还常常带上我。现在帮绢姨冲照片成了她的主业。

我常常想起绢姨的暗房——我是说现在。暗房里的灯光是世界上最脏的一种红色，人就像被装在一个用旧了的灯笼里面，变成没有轮廓的、暧昧的影子。那真是偷情的绝好场所。绢姨洁白光滑的脖颈不知被多少男人在暗房的灯光下或如痴如醉、或心怀鬼胎地吮吸过。那可不是一个适合姐姐的地方。

1998 年年末，很多事情在一夜之间发生。我们的画展是圣诞节后开始的。这本来是个跟我没什么关系的节日，可是平安夜，展厅对面的本城最大的迪厅举行了规模空前的圣诞派对，特邀的香港 DJ 让这群北方城市里荒凉的年轻人嗨到了最高点。午夜，城市最北端的天主教堂开始唱圣歌，同一时间，这边的迪厅里人们开始嗑药、裸奔、互相砸啤酒瓶。众神狂欢也好，群魔乱舞也罢，都结束在警车呼啸而来的那一瞬间。警察带走了不少人，重点是，这其中有江恒。据说警察进来时他正十分豪爽地把啤酒瓶丢向一个人的脑袋，还好没打中。从头到尾他都保持沉默，只是告诉了警察我们家的电话号码。

江恒在这个城市里没有任何亲人，是爸爸去给他付的保释金。我也一起去了。我跟爸爸说我一直都想知道公安局是什么样子，其实我是想看看那个家伙低下他高傲的头颅时是什么样子。可是我很失望，因为他还是没有任何表情，酷得不屈不挠。是一个很年轻的警察把他押出来的，我们都愣了一下，那时候这个警察甚至忘了维持自己脸上的威严。“林安琪？”他说。我回答：“刘——宇——翔？”这便是1998年圣诞节的奇遇了。

后来刘宇翔的一个哥们儿告诉我说，其实平安夜那天，是刘宇翔告诉他的上司应该严密注意那家迪厅，因为这是我们这个城市第一次为了一个派对请来香港DJ。刘宇翔当然最清楚这个群体了，意外的收获是警方还擒获了一个外省走私团伙的小头目。就这样，刘宇翔得到一笔不错的年终奖金。

那天晚上，我用了整整一夜的时间完成了一幅名叫《背叛》的画儿——我用我的方式把这件事全部画下来。离画展开幕还有三天，老师临时决定从展厅里取下一幅他自己的素描，把我的《背叛》送去装画框。老师说：“安琪，也许三天之后，会有很多人知道你的。”

江恒还是一如既往地沉默。爸爸也没有再多问这件事，只是说：“赶紧把那篇文章写出来，学校那边我会去解释的。”爸爸现在已经开始把原先交给谭斐做的工作分一部分给江恒了。“当天才就是好，”姐姐在饭桌上当着江恒的面调侃着，“做什么都可以被原谅。”有时我真佩服姐姐的胆量。绢姨放声大笑。妈妈皱了皱眉：“吃饭。北琪，一会儿你打个电话给谭斐，让他三十一号晚上务必来吃饭，我们要庆祝安琪的画展呢。”爸爸笑着：“你倒提前庆祝了，画展还没开，你怎么知道成不成功？”“会成功的。”沉默了很久的江恒突然说。

画展那天全家人都去了，还有谭斐。江恒打电话说有事不能来。妈妈知道后笑笑：“也好，这样只有我们一家人。”爸爸说：“差不多点，谭斐什么时候变成我们家人了？”绢姨笑着：“他会是的。对不对，安琪？”大家哄笑。

那天来了很多人。展厅里甚至有点热。快要结束的时候，一个穿一身职业装的女人走到我面前：“请问，您是林安琪小姐吗？”还从来没有人这么称呼我。她给我一张名片，然后说：“我是‘麦哲伦’咖啡馆总店的公关经理。我们老板很喜欢你的画儿，他很希望你的画儿能挂在我们的咖啡馆，还有每一家分店。”“也就是说……”我有点糊涂。“也就是说，”她笑笑，“我们老板想买你的画儿。他想跟你见个面，谈谈价格。”“价格？”“对，价格。这是第一次有人买你的画儿吗？”我听见一个男人的声音。“他就是我们老板。”公关经理训练有素地微笑着。

我见过这个男人，个子不高、长相也平庸的男人，但是他站在绢姨的病床前忧伤的表情其实还留在我的记忆里——“奔驰”。我没想到会以这样一种方式跟他重逢，他不认识我，毕竟我只在病房外面偷偷地看过他一眼。“麦哲伦。”我重复着，“是那个航海家吗？”“没错。”他笑了。“你想要我的哪幅画儿呢？”我问。他想了想，然后说：“《背叛》《空调和熊》《将进酒》，这三幅画儿一定要挂在总店里，至于其他几幅画儿挂在分店。”“你是说，全部吗？你都要？”我瞪大了眼睛。“当然。”他说，“我在这里，还有其他几个城市一共有五家分店，你今天展出来的画儿一共只有七幅，全买下来都未必够。”我们一起笑了。我想我有一点儿明白绢姨为什么会爱上这个人了。

“安琪，大家都在找你呢。”绢姨向我走了过来，愣住了，“是你？”

“你好。”他笑得有点不自然。

“这是我小姨。”我装作不知道他们认识的样子，介绍着。

“幸会。”绢姨伸出了手，她一向都很有风度。

“不好意思。”当绢姨要带着我离开时，我对他说，“我刚才忘记了，那幅《将进酒》我不能卖。真对不起，我答应过一个朋友的，这幅画儿我要送给他。”

“没有问题。”他的微笑已经恢复了原先的平静。

就这样，我成了那次画展最大的赢家。妈妈高兴得准备了一桌足够二十个人吃的晚饭。那顿晚饭大家都很开心，除了绢姨，她喝了好多酒，却没吃什么。然后她说：“对不起各位，我喝多了些，我想先回去了。”“你一个人太危险了，我陪你回去。”姐姐站了起来。“你一个人也太危险了。”谭斐说，“我们一起去送她。”姐姐淡淡地看了他一眼，我注意到姐姐的眼里有种近似于“厌恶”的东西轻轻一闪，于是我跳起来："我也要去！"

绢姨在路上不停地重复着："我今天真高兴，真的高兴，我们家出了个小天才。你们知道吗，我一直有种预感，我就知道他会喜欢安琪的画儿，我甚至都觉得他会来看这个画展的。我还以为这只不过是胡思乱想呢，可是居然是真的对不对？他的咖啡馆叫'麦哲伦'，那是因为他从小就羡慕那些能航海的人。本来他想叫它'哥伦布'的，可是注册商标的时候发现已经有酒吧叫'哥伦布'了。我还跟他开过玩笑，问为什么不叫'郑和'……"绢姨第一次这么喋喋不休。她的脸越来越红，眼睛里像含着泪一样，路灯倒映进去，顿时有了月光的风情。回家之后绢姨吐了，姐姐就留下来照顾她，让谭斐送我回去，我终于可以跟谭斐单独待一会儿了。

我们静静地走着，我突然说："谭斐，绢姨很可怜，对不对？"

他说："对。"我真高兴他没像爸爸一样说绢姨是自作自受。然后他说："安琪，恭喜。"

"谢谢。"我低下了头，"还有谭斐，那幅《将进酒》我没有卖——是留给你的。你记不记得我说过要把它送给你？"

"不好意思。"他笑笑，"我以为你就是随便那么一说。"

"才不会。"我大胆地看着他，犹豫了一下，终于说，"跟你说过的话，我是绝对不会忘的。"

“谢谢。”他说。

“去美国的事情，有消息吗？”我问。

“还没。正在等。”他回答。

“谭斐我不愿意你去美国。”不知是什么东西让我在那天晚上变得那么大胆，“我会很想你的。”

他笑笑，像回避什么似的说：“我买了手机，把号码给你。等画展结束以后，你打给我，我去你家拿画儿。”他把手伸进羽绒衣的口袋，找着：“糟糕，我把它忘在你绢姨家了。”

我们又走了回去。我上去拿手机，谭斐在楼下等。

门没有关。谭斐的手机孤单地躺在沙发上。我走进去，绢姨的小卧室的门也没关。绢姨的公寓很小，站在沙发旁边的话什么都看得到。

其实我一点儿都不意外，她们紧紧地拥在一起。绢姨的脸上全是眼泪，似乎正在入睡。姐姐轻轻地亲吻她的脸，她的泪痕，还有她还残留着口红的嘴。绢姨突然醒了。姐姐微笑，望着她有点诧异的眼睛：“绢姨，我说过，我会保护你。”“北琪。”她望着她，新的眼泪淌了下来——仔细想想我从没见过绢姨的眼泪，“北琪，男人全是浑蛋。”姐姐抱紧了她，直起身子，跪在绢姨的床上。她正好看见我的时候，我也正好看见她的脸。姐姐从来没有这么美丽过，像个母亲一样，脸颊贴着绢姨乱乱的头发。我突然转身离开，因为我觉得姐姐不愿让人看到那样的美丽，它来自另外的地方。我突然想起小时候第一次见到绢姨，她站在明亮的客厅里，对我们一笑，我顿时不知所措。原来不是只有绢姨那样的女人才会拥有这种瞬间。

谭斐奇怪地看看我："怎么了，安琪？""没有。"我笑笑，我听见自己的心脏像匹小野马一样狂奔着。我把手机放进他的口袋里，突然发现这个动作有点太亲昵了，可是我不愿意把手抽出来。我离他这样近，我的手指触得到他的气息。他眼睛望着前面的路灯，他的大手也放进了口袋里，然后，他的手握住了我的。他说："忘戴手套了吧，冷吗？"路的尽头，烟花升上了天空，1999 年来临。我说："谭斐，新年快乐。"

1999 年，全人类都在欢天喜地地迎接新世纪，地球并没有如诺查丹玛斯同学所说的那样"GAME OVER"（世界末日）。在我们的城市，任贤齐的《伤心太平洋》唱遍了大街小巷。年底的时候，一个似乎从好莱坞电影里蹿出来的杀人狂搅得人心惶惶——全城的中学取消了晚自习。这就是我记忆中的 1999 年。

三月七日，既不考研也不忙着找工作的姐姐跟绢姨一起去了贵州。在山明水秀的苗族、瑶族、侗族、壮族自治乡里拍摄那些唱山歌的姑娘。回来后，路途的劳顿反而让姐姐胖了一点儿，更加神采奕奕。她说那真是世外桃源。

四月十五日，博士考试结束。谭斐和江恒的成绩不相上下。爸爸选择了江恒，不过江恒这种跨专业的学生需要学校的审核和特别批准——所以从理论上说，结果还算悬而未决。不过我们家倒是已经阵线分明。妈妈那天没做晚饭，所以我和爸爸又去了麦当劳。想叫姐姐一起去的，可她忙着在暗房帮绢姨冲照片，没空。

五月四日，谭斐收到美国中西部一所大学东亚系的全额奖学金通知。

六月七日，星期六。夏天来临。

爸爸在学校里有学术研讨会，谭斐跟江恒都参加。晚餐桌上，又只剩下了女人以及女孩儿。只有四副碗筷的餐桌看上去难得的清爽。最后一道菜上桌，妈妈的心情似乎很好。“噢——”绢姨叫着，“真可惜姐夫不在。”“不在更好。”妈妈皱着眉头，“省得我看他心烦。”我和姐姐相视一笑，姐姐淘气的表情令人着迷。

“绢，你跟她们说了没？”妈妈放下胡椒瓶，问道。

“还没。”绢姨还是淡淡的。

“说什么？居然不告诉我？”姐姐装作生气地瞪着眼睛。

电话铃响了。妈妈接完以后对我们说：“有一个病人情况突然恶化了，我得去看一下。你们慢慢吃，半个小时以后别忘了把炉子上的汤端下来。”于是只剩我们三个面对这桌菜，有种寡不敌众的感觉。

“开玩笑。”绢姨说，“谁吃得了这么多？”

“妈做七个人的菜做习惯了。”姐姐笑。

“也对。”绢姨也笑，“不过以后谭斐是不大可能再来了。我想姐也不会愿意邀请江恒。”

“安琪，”姐姐转过脸，“怎么办？谭斐不会再来了。”

“讨厌！”我叫着。

“别戳人家小姑娘的痛处。”绢姨也起着哄。

“讨厌死了！”我继续叫。

“不过话说回来，”绢姨叹口气，“我以后一定会想念姐做的菜。鬼知道我会天天吃什么。”

“你，什么意思？”姐姐问。

“安琪，北琪。”绢姨换了一个严肃的表情，“有件事情还没跟你们讲，绢姨要到法国去了。”

“姐姐也一起去？”我问。

绢姨还没回答，姐姐就站了起来。“这是什么意思？”姐姐问。

“北琪，”绢姨拿出打火机，开始在口袋里摸索烟盒，“别这么任性！”

“我听不懂你在说什么！”姐姐喊着，“你为什么不告诉我？”

“我正在告诉你。”绢姨淡淡地说。

“不对！”姐姐的声音突然软了。“不对！”她重复着。我在她脸上又找到了当时她在台灯下撕那些试卷和素描纸的表情。我低下头，不敢看她的脸。“不对，你说过，你忘了，在贵州的时候，你说过，等我大学毕了业，我们就到那里租一间房子，住上一年，你想拍很多那里的照片。你还说——”

“北琪，我们都是成年人，不是孩子，对不对？”绢姨的眼睛里，有泪光安静地一闪。

姐姐跳起来，冲进了她的房间，我们听见门锁上的声音。不知道过了多久，绢姨按灭了手里的烟：“安琪，绢姨回去了。”我想问她你是不是该解释点什么，可是我说：“用不用把这些菜给你带一点儿？”她说不用。我一个人坐着。姐姐的房间里出奇的安静，我不时望望她的门，不敢望得太久，就好像那里面有炸弹，看一眼就会引爆一样。菜全都凉了，空气里有一种分子在跳舞般“沙沙”的声音。我想把一片雪花落地时的声音扩大一千倍的话，就应该是这个了。门铃一响，我有点心慌。如果爸爸或妈妈回来，如果他们问起姐姐，我会说姐姐睡了。还好，是谭斐。

“就你一个人在家？”他有点惊讶，“我是来拿画儿的。”

我笑了：“你吃不吃饭？妈妈今天做了好多呢，都没人吃。”

他也笑：“是吗？我还真饿了。”他晒黑了，这反倒让他的笑容更明朗了。他吃得很开心，问我：“你不要？”我摇摇头，我真喜欢看他吃东西的样子。

“你们真幸福，”他说，“有这么能干的妈妈。”

“我……”我鼓足了勇气，说，“我也可以学做菜。”

“你？”他笑，“等你学会了，我早就在美国了，也吃不到。”

“等我上完大学也去美国，你就吃得到。”

“等你上完大学，”他说，“我就该回国了。”

“那更好，我就省得去那么远。”

“好！”他用筷子敲敲我的头，“我记住了。”

“可要是……”我低下头，犹豫着。

“要是什么？”他问。

“要是那个时候，你有了女朋友，那怎么办？”我说。

“有什么怎么办？你做给我们俩吃啊！”

“不。”我看着他的脸，“不管怎么样，我学做菜是为了做你的女朋友。”我觉得说这句话的时候，我的心脏差不多不跳了。

安静。然后他夸张地说：“小家伙——”

“我又没说现在，我是说等我长大了以后嘛！”我跟他一起笑了，突然觉得无比轻松，都快忘记刚才姐姐的事情了。

姐姐。我看看那扇门，还是老样子，可是门里面的姐姐呢？

十点了，家里没有人回来。谭斐走了以后，我就学着妈妈的样子把所有的菜用保鲜膜套好放进冰箱。我幸福地做着这项工作，心里又浮现出谭斐刚才吃得开心贪婪的样子，突然想：结婚，是不是就是这个样子的？

一声门响，姐姐站在灯光下面。

“姐？”我叫她。

“她走了吗？”姐姐面无表情地问我。她的脸很白，倒是找不到眼泪的痕迹，可是那种消失很久的累累的僵硬又占据了她脸上每一寸肌肤。

“走了。”

她沉寂了一秒钟：“安琪，我要出去一下。”

“你别去。”我说。

“很快就回来。”她往门边走。

我拦住她：“不行，别去。”

“让开。”姐姐说。

“不。”我说。于是她推我，大声地喊：“我叫你让开！”

我也推她。她看上去很凶的样子，其实早已没什么力气了。“我知道你要去干什么。”我说，“你要去找她，我知道。你不要去，没有用。”

“这不关你的事！”她吼着。

“姐。”我的背紧紧地贴着门，“我不想——你，你这是自取其辱。”我终于找到了这个词，“她会走的。姐姐，她不可能把你看得比她自己重要。”

“可是我就是把她看得比我自己重要。”姐姐看着我，她哭了。

我抱紧了姐姐，就像以前那样，紧得我自己都觉得累。我知道姐姐现在只有我，还好只有我。

六月八日，姐姐回学校了，一如既往地沉默。妈妈只是很奇怪地问她为什么这么热的天气还要去住宿舍。

六月十三日，传来谭斐被美国大使馆拒签的消息。对于办证去美国的学生而言，这当然不新鲜。距离爸爸系里博士生录取最后结果的公布，还剩三天。

六月十四日，晚餐。

绢姨在饭桌上正式宣布了要去法国的消息，爸爸于是提议开一瓶酒。绢姨跟江恒碰杯的时候，两个人都还是一如既往地有风度。跟姐姐碰杯的时候，姐姐一口气喝干了它。爸爸说：“今年夏天还真是闲不下来。这个学期刚刚完，又得准备八月份的研讨会——江恒，那篇报告应该开始了吧？”“是。”江恒回答，“其实就用您这本书里的第六章就可以。”“我也这么想。”爸爸说。“还有林老师，”江恒的嘴角又浮起一抹冷冷的微笑，“我看过谭斐写的那几节，我想重写。”“用不着重写。”爸爸说，“修改一下就好。谭斐一向很严谨，这你可以放心。”

“可是林老师，”江恒坚持着，“第六章是整本书的重头戏，应该更精彩。”爸爸笑了：“七月五日就要提交提纲，来得及吗？”“没有问题。”江恒很肯定。

我把筷子摔在了桌上。“这么大的人了，连个筷子都拿不好？”爸爸微笑地看着我。我不知道该说什么，我也不懂什么专著报告研讨会的，我只知道那些东西都是谭斐从图书馆搬回摞起来比他都高的资料，辛辛苦苦写好的。

“得意不要忘形。”姐姐说。大家都吓了一跳。姐姐深深地看着江恒的脸，“我是说你。”

“北琪！”爸爸严厉地呵斥了一声。

“吃饭。”妈妈安静地说。爸爸收敛了神色，对江恒苦笑着：“我的这两个女儿都是被宠坏的。”我看见绢姨的眼里有一点儿不安。

晚饭后我很郁闷地窝在沙发里，看那些弱智的电视节目。妈妈走进厨房洗碗的时候还说：“安琪，都快期末考试了，也不知道复习。”我懒洋洋地回答反正复习不复习都还是垫底。听见妈妈在跟绢姨叹气，绢姨说：“总归是要考美院的，由她去吧。”妈妈说：“也不知道怎么搞的，北琪最近也是阴阳怪气的，反正这两个没一个让人省心。”

电话响了，是谭斐。

“安琪，你好。”他的声音里有种难说的东西，“我要跟你姐姐说话。”

“说吧。”我听见了姐姐的声音，她拿起了房间里的分机。她的声音里现在也有了一种陌生的东西。我知道这不道德，但是我没有放下手里的电话。我尽力地屏住了呼吸，而事实上这两个人并不在乎我是否在听，他们无心在乎这个。对于谭斐来说，他只剩最后一张牌。

“北琪，你好吗？”

“好。”

“我现在就在你家楼下，我想见你。”

“见我？”

“对，想见你。”

“谭斐你喜欢我吗？”

“北琪？”

“谭斐，你见我是不是想要跟我说，你喜欢我？”

“……”

“然后呢谭斐？要是我说我也喜欢你，你会怎么办？我们一起去见我爸爸妈妈，告诉他们我们要结婚，这样你就赢了江恒，对不对？可是你会毕业的，几年以后也许你会走得更远，那个时候你就会觉得我扯你的后腿。然后呢？我们到那个时候再分开吗？何必这么费事？”姐姐笑了，“谭斐，其实我早就看出来，你眼睛里只有安琪，可是你运气不好。你以为我爸爸妈妈会把安琪交给你吗？不可能的，他们只希望我和你。我也不知道在他们的心里，什么样的男人才配得上安琪。你懂了吗？再见谭斐，很高兴我认识过你。”

他们俩几乎同时挂上电话。窒息的一秒钟过去之后，我跳起来，打开门，往楼下冲。他说过，他就在楼下；姐姐说过，他眼睛里……

真的只有我吗？可是我看不到他的眼睛。背影还是谭斐挺拔的背影，我叫着他，他停下了，可是没有回头。我冲上去，紧紧抱住了他。多少次，幻想过这个场景的紧张和甜美，但不是那么回事。没有电影里的心跳、激动、甜蜜，没有任何一种我熟悉的符号般的情感。我就是想紧紧地抱他，有多紧就抱多紧，疼痛而幸福地嵌进他的血肉，变成他的一部分。

“谭斐，你别走。”我说，“我喜欢你。”

我终于说了。没有想象中那么紧张。

我听见他从胸腔里发出的声音：“走开。”

我坐在研究生宿舍楼门口的台阶上，等着他回来。天早就黑了，灯光就像浮出水面般亮起来，照亮来来往往的人，他们都奇怪地看看我。后来灯光像泡沫一样熄灭的时候，他回来了。

他站在我的面前，低下头。我已经闻到他身上的酒气，我站起来。他说：“安琪？”我看着他的脸，我告诉他：“我想你。”然后我们接吻。

一九九九年六月十五日凌晨一点左右，我变成了女人。

那天夜里下着暴雨，电闪雷鸣的。雷雨把整个世界变成一个巨大的迪斯科舞厅，闪电切割着黑暗的形状，树木在纷乱地舞蹈。我们脱掉了彼此的T恤和牛仔裤。他突然说："不行。"他说我送你回家，他还说等你清醒了以后你会后悔。我不理他，我抚摩他和——它。它乖乖地在我的指尖下面颤动着，就像阳光下的小动物。原来它是自己有生命的，它是个敏感的小生命。我笑了，我想：好孩子。

我和谭斐疼痛地飞翔。后来我感觉到了它的眼泪，它哭了，因为就连它也知道，可能我和谭斐再不会相逢。我也哭了，我说："谭斐，我爱你。"

"安琪，"他吻着我，"我现在连自尊都没了，你真傻。"

我心疼地看着他，他不是什么白马王子，杀魔鬼救公主的勇气对他而言太奢侈了。他只不过是小王子——没法面对玫瑰花的小王子，星球上甚至放不下一只绵羊。可是这根本改变不了我对他这么深的心动，我知道这就是爱。

"安琪。"他说，"我怎么现在才想明白，其实不念那个博士，又有什么大不了的？老天很公平，我现在有你。"

"嗯。"我点头。

"宝贝。"他抱紧我，"我想去上海，或者再往南走。等我闯出来——"

"我就嫁给你。"我说。我站在那一天的晨光中，觉得自己的身体睁开了一只眼睛。这个世界的阳光和声音深深地涌了进来，我和我生活的世界建立了更彻底的联系。我想这就是变成了女人吧。我不知道我和谭斐是不是真的有那么一个美丽的未来。以前人们总说："这种事情电影里才会有。"可现在，越来越多的电影都愿意走"写实"路线，不再安排大团圆的结局。不过我终究相信着一个连电影都正在怀疑的结尾。让聪明的人尽情地嘲笑吧，我是比他们幸福的傻瓜。

"你去哪儿了？"姐姐问我。她背对着我，眼睛看着窗户外面，"你一整夜不回来，把爸爸妈妈都急疯了。"

我不说话。

"你还不快点给爸妈打电话，告诉他们你回来了。我想他们多半是正在报警。"姐姐的声音没有起伏，我看不到她的脸。

"知道。"我说。

"你和谭斐在一起？"姐姐说，"放心，我什么都没说。"

我也什么都没说。我看着姐姐的背影，发现她瘦了。我是说更瘦了，她穿着白色衬衣的肩膀看上去就像一张纸片。窗户开着，风吹进来，纸片在抖。不对，是姐姐在哭。

"姐。"

"安琪。"她的声音还是没有起伏，"我马上就要毕业了，我想去一个远一点儿、风景不错的地方，比如说贵州。我喜欢那儿，真是漂亮，可是有很多地方很穷，小孩子需要老师。其实这个世界上没什么世外桃源，都是骗人的。"

"姐。"

电话铃在响。姐姐说："你去接，准是爸妈。"这个时候她终于转过了头，脸上全是眼泪，宁静地笑着。

结　局

结局由很多次的告别组成。

八月的时候，江恒死了。他从一栋十二层的楼上飞下来，把自己变成这个城市上空一笔潦草的惊叹号。原因是他得到曾跟他同居了七年的前女友嫁人的消息。我不知道他原来还是个情种，不，我还是应该尊重死者。反正他就是一个天生能轻而易举得到太多别人费尽心机也得不到的东西的人，所以他有资格活得这么奢侈——说好听一点儿，叫浪漫。

谭斐赢了，虽然赢得莫名其妙。爸爸跟他讲这件事时脸上的表情有点尴尬。他听完，很自然地一笑："林老师，我是来辞行的。"

他说："我觉得我自己不适合做学术。谢谢林老师。"

爸爸有点惊讶："你有什么打算吗？"

"我想去南方。"他说。

"我在南边有几个朋友，待会儿我把他们的电话抄给你。"

"不必了，谢谢您。"谭斐笑笑。

“那，保重。”爸爸看着他的眼睛。他们对望时的眼神就像金庸小说的场景，我想。谭斐终于选择了一个最漂亮的方式退场。

姐姐是在十月初的时候离开的。回到这个故事开头的地方，我记得我说过姐姐离开家的那个秋天很美丽。不过我没说过，妈妈在姐姐临走的前一天晚上来到姐姐的房间，对她说：“北琪，你是个好孩子，妈妈还真担心过你不会清醒呢。她是艺术家，她可以离经叛道，但你不行。还好——”我得声明我是无意中听到的。

第二年年初，绢姨走了。

再后来，我也离开了家。我故事里的角色就像化学实验里的分子一样被震荡到我们彼此都不熟悉的地方。还有一件事必须说：后来我和谭斐分手了，没有什么为什么。靠着长途电话维系的爱情未免脆弱。聪明的人们可以暗自庆幸，你们的经验是正确的。这个世界上的确存在某些规则，要想打破它，除非你有足够的力量。比方说：绢姨那样的美丽，妈妈那样的聪明，江恒那样的挥霍，总之你就是不能只有体温。可是我真高兴我们都反抗过了，姐姐，我，还有谭斐——我爱过，可能依然爱着的男人。

我生活在这个南方的城市里已经两年，逐渐习惯了炎热、潮湿和寂寞，在姐姐或爸妈或绢姨的电话里想念北方的四季分明。我还学法语，跟法语班上一个叫罗辛的家伙是好朋友。

因为我也想到法国去，去画画儿。

来南方以后，我发现我使用颜色的习惯都在改变。我原先可不太喜欢参差的对照，现在却不太多画大红大绿了。昨天我又接到了绢姨的电话，她在电话里哭，因为那个法国男人跟另一个女孩儿一起到南美洲去了。她说："安琪，男人全是浑蛋。"我没有提醒她：她跟姐姐说过一样的话。我没有说她本来有过机会不再做"假期"，"奔驰"给过她机会，姐姐也给过。

上个月，我得到谭斐就要结婚的消息。那天我问罗辛愿不愿意逃课，然后我们在这个城市游手好闲地逛。直到晚上，我给罗辛讲了这个故事。听完后他问我："你很难过？"我说："怎么会。"他说："那就好。"他还说："林安琪，等我们都到法国了以后，我第一件事情就是追你。"然后他低下头，可我没有让他顺理成章地吻我。"罗辛，"我说，"我们还是做好朋友吧。"

那天晚上回到学校，我钻进了空荡荡的大画室。木头地板凉凉的，飘满石膏像和油彩的气息。我翻开那些厚厚的、精致的画册，看见那些大师们手下美丽的女体。我问自己：会是哪个画家的女体更像谭斐的妻子？她是个什么样的女人？应该是个有时温柔、有时强硬的率性女子，聪明，善良。我不知不觉睡着了，在画室的地板上，我梦见姐姐打来的那个电话。

是姐姐告诉我谭斐要结婚的消息的，我真高兴是姐姐来告诉我。姐姐说："安琪，你要好好的。"我说："当然。"姐姐说："过些天，'五一'放长假的时候，我去看你。"姐姐现在是贵州北部一个风景如画的小镇的中学老师，教英语。姐姐是个很受欢迎的老师，因为她对那些基础奇差的学生都有用不完的耐心，还因为她总是宁静地微笑着。后面那条原因是我自己臆想出来的。

"姐，"我说，"你，也要好好的。"

"我当然好了，"姐姐笑着，"比以前要好太多了。"

"那就好。"

"安琪，你会再碰到一个人的，你会像喜欢谭斐一样地喜欢他。"

"姐，"我说，"你也一定会碰到一个人的，这个人会把你看得比他自己重要。"

我被地板的温度冻醒，醒来时听见自己的手机在响。

"安琪，我是谭斐。我听说你要去法国？"

"我听说你要结婚。"

"对。"他笑笑，"明年一月。"

"我。"我也笑了，"我也是明年一月走。"

"安琪。"他说，"我，我现在在火车站，你能来吗？"

"你是说……"我提高了声音，"我们这儿的火车站？"

他站在人群里，我一眼就看见了他。他依然英俊，瘦了些，脸上有种时间的气息。我迟疑了片刻，又犹豫了一下，又看到他脸上的微笑时，我跑了过去，我们紧紧地拥抱。

“安琪，”他的声音离我这样近，“长大了。”

亲爱的朋友，如果你碰巧生活在这个南方城市里，如果你碰巧在今年四月二十日上午九点左右到过火车站，你是否想得起你看见了一对年轻的男女，在站台上忘情地拥抱着——我承认这个风景在火车站并不特殊。可能你认为，这不过是一对就要离别或刚刚重逢的情人。你想得没错，但事实，又远非如此。

莉　莉

写给——世上所有狮子座的女孩子，世上所有爱上狮子座女孩的男孩子，以及所有喜欢狮子的小朋友。

莉莉在这个世界上看见的第一样东西是天空，尽管那时候她还不知道天空是天空。一大片无边无际的淡蓝色柔软地照耀着莉莉刚刚睁开没有多久的眼睛。莉莉的表情很懵懂。淡蓝色其实是一种很轻浮的颜色，可奇怪的是，当它尽情地蔓延成天空那么大的时候，你就会发现，轻浮，原本是宽容的一种。

不过莉莉不认识颜色。确切地说，她不知道每种颜色的名称。莉莉是只狮子，不是人。人为了让自己安心，养成了给万事万物都取个名字的习惯。可是狮子是没有这种习惯的。狮子用另外的东西来圈定自己的疆土，比如他们的爪子和牙齿，比如他们生来就拥有的暴烈。

妈妈粗糙和温暖的舌头缓慢地舔着莉莉柔软的脑袋、脸庞，还有小屁股。妈妈说："你会是个漂亮的姑娘，就像我一样漂亮。不过你最好不要比我漂亮啊，不然我会忌妒你的，我的宝贝。”说着妈妈就开心地笑了，妈妈很多时候都像一个小女孩。她把莉莉圈在自己两只前爪之间，不紧不慢地舔她的身体。妈妈很聪明，知道莉莉什么时候饿了，什么时候困了，什么时候想听妈妈说话了。

妈妈说她们住在一个很高很辽阔的原野上面。原野就是她们的家。家里的东西大致可以分为两种，就是能吃的和不能吃的。奔跑的羚羊，妩媚的狐狸，瑟瑟发抖的野兔，这些是能吃的。“扑上去咬断它们的脖子，妈妈会教你怎么做的。”妈妈骄傲地望着怀里昏昏欲睡的莉莉。至于不能吃的东西：山峦，树木，还有似乎就悬挂在原野边缘的太阳。妈妈说：“要敬畏所有不能吃的东西，宝贝。”

其实莉莉还听不懂妈妈的话，她刚来到这个世界上三天，她唯一会做的事情就是贪婪地吮吸妈妈饱满的乳房。奶水流进嘴里的时候耳朵边总是响着一种轻微的“咕嘟咕嘟”的声音。妈妈把莉莉小小的耳朵含在嘴里，轻轻地咬了咬，不过一点儿都不疼。妈妈说：“你追一只狍子的时候，你看着它跑远了，似乎是跑到前面的太阳里去了。宝贝，这个时候你可千万别以为你可以扑上去连太阳一起吞下去啊，尤其是黄昏的时候，黄昏的时候太阳就要落山，看上去是一副很温顺的样子。可是你不能忘了，太阳是不能吃的。”

妈妈的声音就是在说完这句话的时候突然消失的。但是莉莉并没有感觉出来什么异样，她只不过听见了一声短促而钝重的声音，那个声音似乎跟奶水的“咕嘟咕嘟”的声音有些不一样。但是奶水终究还在温暖地、源源不断地流淌着。所以莉莉就不在意了，她不知道那是子弹射进皮肉的声音。然后另外一种类似于奶水的液体温暖地、源源不断地抚摩着莉莉的小脑袋还有脸庞，代替了妈妈的舌头。

“你看，巴特。”那是一个年轻男人的声音，“原来她有一个宝宝。她在喂奶。”然后一只手把莉莉托了起来，奶水没有了，莉莉恼火地摇晃着头，原野的阳光无遮无拦地洒到莉莉的身上。那只叫巴特的猎狗疑惑地凑过来，闻了闻莉莉。奶的气味，阳光的气味，稚嫩的幼小的气味，毫无戒备的气味。巴特的喉咙里发出混浊的声响。然后又是那个男人的声音：“好了巴特，我知道你在想什么，我跟你想得一样。”他的眼睛和阳光一起坦荡地照耀着莉莉，他说：“多漂亮的小姑娘，我要叫她莉莉，你觉得怎么样，巴特？”

那是莉莉第一次见到猎人。也是在那一天，她拥有了自己的名字。

猎人和巴特手忙脚乱地迎接着新来的小公主。猎人小心翼翼地把她抱在胸前，说：“巴特，你说她吃什么？牛奶？可是你觉得她会像你一样舔盘子吗？她这么小，好像我们得给她准备一个奶瓶，对不对啊巴特？”猎人犹疑地说。巴特无奈地站在一旁转了转眼珠，完全没有能力回答这么棘手的问题。“该死的。”猎人自言自语，“巴特，我们要赶时间了。现在去镇上，或者还能赶在商店关门之前买一个奶瓶回来。”莉莉就在这时候睁大了眼睛，认真地盯着猎人的脸。她似乎已经知道她除了信任他没有别的选择，信任这个为了自己的奶瓶而焦灼的陌生人——尽管她并不知道奶瓶是样什么东西。猎人凝视着莉莉漆黑的眼珠，叹了口气：“我不相信，一只狮子怎么会笑？”

猎人的家在原野的边上。要是站在莉莉的妈妈常常站立的地方，你会以为太阳每天就是落在猎人他们家的烟囱里了。但其实那是不可能的，太阳那么大，烟囱那么窄。烟囱装不下太阳，只装得下那些柔若无骨的烟。柔若无骨的烟缓慢地从烟囱里挣扎出来——因为猎人正在给莉莉烧洗澡水。

莉莉的床是一个紫藤编的小篮子，猎人在里面铺上了半张羊毛毯。巴特紧张地守在篮子旁边大气也不敢出地看着猎人给莉莉喂奶。巴特知道，莉莉是个小姑娘。莉莉是个娇嫩的小姑娘。所以巴特简直不清楚自己该如何对待她，除了轻轻地把自己的爪子搭在她的摇篮边上。奶瓶买回来了，猎人自然是领受了一番杂货店老板娘善意的嘲笑。莉莉一开始拒绝着那个塑胶的奶嘴，因为它散发着一种陌生的不友好的气息。“莉莉，乖女孩，来呀。”猎人的手指温暖地抚弄着莉莉柔软的肚皮，然后说，“巴特，小心点，别把口水滴到莉莉身上。”巴特恼火地瞪了一眼猎人，依旧吐着粉红的舌头。猎人当然不知道巴特是在跟莉莉说话。巴特说："莉莉，你是莉莉，我是巴特。你明白了吗？你是莉莉，你是你，我是巴特，我是我。不对，你是我，我是你，我的意思是，你是你的我，我是你的你，哎呀不对，我的意思是，对你来说，你是我，我是你；对我来说，你是你，我是我。"天哪，这件事情还真是复杂。该怎么跟莉莉解释清楚呢？巴特除了用力地抖着他的舌头之外，想不出更好的办法了。

晚上，猎人的小屋很暖和，炉火生动地烧着，满室松木的清香。灯光和火光把这个屋子变成了一种奇怪的颜色，至少那不是你在原野上找得到的颜色。寂静的夜里天地混沌，外边很冷，把满地月光冻成了一个巨大的冰块。远处的狼嚎就像一双冰鞋那样在冰块上划着复杂动人的轨迹。猎人没有邻居，最近的邻居就是山脚下的村民了，可是小屋离山脚少说也有十公里。莉莉和巴特喝的牛奶就是来自村庄里的一群母牛。村民们很尊敬猎人，因为村里一年一度的祭祀庆典上，所有供奉祖先的野兽和鸟都是猎人打来的。今年猎人居然打到了一头狮子，而且还是一头刚刚生育过的母狮子，这是个吉兆。

"莉莉。"猎人得意地说，"我是他们的英雄，你知道吗？他们会送来数不清的新鲜牛奶和熏肠。熏肠给巴特，牛奶都是你的。"莉莉四脚朝天，在温暖的水波里动了动。"莉莉，”猎人说，“明天我会去村里叫木匠给你做一个小澡盆。今天只好用巴特的了，就凑合一下，好吗？”

莉莉没有反应，因为她睡着了。猎人把她轻轻地放在小篮子里，她立刻乖乖地蜷缩起身体，其实她一点儿都不冷，只不过这是她从前世带来的关于旷野的记忆。巴特卧在她的小篮子旁边，伸出他的爪子护着小篮子。猎人关掉了灯，走向一张很大的橡木床。他们一家三口酣然入梦，幸福的生活就这样简单地开始了。

莉莉是猎人和巴特的宝贝，这是莉莉从有记忆起就知道的事情。莉莉就带着这种记忆心安理得地出落成一个任性的姑娘。那只紫藤的小篮子早就睡不下了，有一段时间猎人甚至允许莉莉跟自己一起睡在那张宽阔的橡木床上。那是巴特从来没有享受过的待遇。夜晚，当猎人说“现在我们要睡觉了”，莉莉就非常灵敏地跳上橡木床，忘不了炫耀地骄傲地看巴特一眼。然后猎人关上了灯，因此莉莉永远不知道一片黑暗之中巴特对她的炫耀报以宽容甚至是纵容的微笑。巴特是不会忌妒莉莉的，巴特要保护莉莉。尽管要不了多久，莉莉的个头就比巴特高了。

当橡木床也容不下莉莉的时候，猎人从柜子里拿出一张金黄色的、厚厚的毛皮，把它铺在离炉子不远的地板上，说：“莉莉，过来试试看。”那张毛皮真暖和，真舒服，比猎人的床垫还软，上面有一种莉莉很喜欢的气味。莉莉高兴地在上边打滚儿，把她的脸使劲地在毛皮上蹭，直蹭到脸庞发热为止。猎人看着莉莉撒野的样子，微笑："莉莉，它是你妈妈。"莉莉没有听见这句话，当时她正在非常大方地招呼巴特："巴特，我把这张毯子分一半给你。你睡这边，我睡那边。"

莉莉已经学会用人的方式辨认这个世界了。比方说，她已经知道了这片原野上很多东西的名字。她知道了山是山，水是水，树木是树木，太阳是太阳。当她走出他们的小木屋，一脚踏进厚厚的落叶里的时候，她会迎着吹到脸上的凉凉的风，想："秋天来了。"当她敏捷地把一只獐子踩在她的前爪下面的时候，她会想："它就要死了。"这本不是一只狮子应该有的方式。莉莉就是在不知不觉间遗忘了关于前生的记忆的。不过晚上，常常是在晚上，她卧在那张暖和的毛皮上听着狼在月光下至情至性地嚎叫的时候，心里会有一个地方隐约地一动。那个声音是一样不能吃的东西，她不知道自己为什么会冒出这个古怪的念头。不过她很快就睡着了，睡得淋漓酣畅，睡梦中肆无忌惮地翻了个身，就理所当然地占据了这张毛皮的大半。同在睡梦中的巴特颇为知趣地缩到了毛皮的一角，似乎同样忘记了莉莉当初"一人一半"的承诺。

无论如何，莉莉在慢慢长大。对于猎人来说，莉莉和巴特现在是他不可缺少的左膀右臂。有莉莉在，猎人总是不费吹灰之力。因为莉莉总会在第一时间像颗子弹那样冲着猎物饱满地冲出去，带起周围一阵肃杀的风。猎人惊讶地说："巴特，你注意到没有？莉莉跑得好像要比一般的狮子快。怎么会这样呢？简直像一头豹子。"

莉莉喜欢奔跑，奔跑的时候她会觉得自己变成了耳边呼啸着的风。自己不存在了，莉莉不存在了，只要你肯奔跑。莉莉不知道，自己之所以如此痴迷奔跑的原因恰恰是，她不知道这件事情的名字叫作奔跑。那只显然已经筋疲力尽的鹿仓皇地回头，含着泪看了莉莉一眼，莉莉美丽的头颅一歪，纵身一跃，咬断了鹿的脖子。鹿只发出了一声很短暂且微弱的哀鸣，连血都没流多少。莉莉最迷恋的就是那最后的纵身一跃，那个时候的闪电般的力气好像不是来自自己的身体，而是来自神明的相助。在那样的纵身一跃里，自己变成了神明。"乖女孩。"猎人从后面赶上来，骄傲地拍着莉莉的脑袋，然后把鹿扛在肩膀上。鹿的眼睛依旧睁着。巴特兴奋地跑前跑后，摇头摆尾。莉莉则是高高地昂着头，端庄地走在最前面，听着身后猎人有力的脚步声。猎人扛着鹿昂首阔步的样子就像一尊青铜雕像。夕阳西下，是黄昏了。莉莉恍惚间觉得，自己刚才咬在鹿脖子上的那一口似乎是连夕阳一起咬破了，所以才有这满地的晚霞缓慢地、深情款款地流淌出来。

那天的晚餐是鹿肉。猎人吃熟的，莉莉和巴特吃生的。

其实莉莉是很喜欢散发着松枝香的烤肉的味道的。可是不知道为什么，自从她可以帮着猎人打猎之后，猎人就不再给她吃熟肉了。曾经有很多次，莉莉赌气地把猎人放在她面前滴着血的羊腿踢开。猎人叹了口气，蹲下来，摸着莉莉的脑袋：“莉莉，要听话，我是为你好。你已经长大了，你吃惯了熟肉，以后怎么办？”莉莉不知道什么叫“以后怎么办”，她倔强地缩在她的毛皮毯子上，一动不动。这个时候巴特走了过来，默默地叼起那条羊腿，深深地看了莉莉一眼，然后狼吞虎咽了起来：“莉莉，很好吃的，你看呀，我陪你一起吃好不好？”猎人和莉莉都愣住了。对巴特来说，他不知道猎人为什么要这么做，但是他相信猎人有猎人的道理。可是怎么才能让莉莉这个娇纵惯了的孩子听话呢？巴特想不出什么其他的办法了。

生肉很冷，有股原始的腥气。可是巴特自己也不知道，那条生羊腿，那条莉莉是因为他才肯吃的生羊腿就是离散的前奏。

那一天猎人带着巴特和莉莉到镇上去。镇子很远，每一次他们都是搭着村子里的人们的车去的。要经历很长很长的颠簸，可是车窗外面是永远的一马平川，就好像他们从没有走远过。猎人每隔一两个月总会到镇上去一次，买些必需的东西，去唯一的邮局取回来自远方的信。总是有人给猎人寄明信片来，从各种各样不同的地方寄来的明信片，寥寥数语而已，可是猎人看得很认真。莉莉跟巴特都不认识字，所以他们俩都觉得猎人那副认真相滑稽得很。去镇上的日子是巴特的节日，他是那么喜欢镇上，每一次，远远地看见镇上的炊烟，他就高兴地“汪汪”乱叫，似乎比看着猎人烤鹿肉还要过瘾。可是莉莉就不大喜欢镇上，莉莉不喜欢那么多的人。尽管镇上所有的人都认识莉莉，都善待莉莉。

猎人当然是要去镇上的酒馆喝两杯的，酒馆里的人们都热情地跟猎人打招呼。莉莉认得他们，婴儿时代的莉莉熟知他们中的每一个的膝盖的气味。他们的手掌温热而遍布老茧，那是辛勤的印记。他们抚摩着莉莉的脑袋：“我们的小姑娘已经这么漂亮了。”猎人微笑：“当然。”“真是不容易。”村里的木匠因为赶集碰巧也在镇上，“莉莉，你知不知道我一共给你做过多少个澡盆啊？”他是个和善的老人家，稍微喝一点儿酒脸就发红。“澡盆有什么用？”酒馆美丽的老板娘端出一杯猎人常喝的酒，热辣辣地看着猎人的眼睛，“莉莉已经长大了，我看你到哪儿去给她找头公狮子来才是正经。”“你还是先操心你自己吧。”猎人熟练地接招，“到哪里给你自己找个男人来才是正经。”“哈！”她把酒杯重重地往面前的桌子上一蹾：“嫁给你，你要不要？”“我？”猎人笑了，“我倒是想要，可是你得问问我们莉莉愿不愿意你来当后妈。”“噢——我不知道这儿还有一尊神仙忘了拜。”女人弯下了身子，调侃地摆弄着莉莉的尾巴。她身上那股浓郁的香气是莉莉不喜欢的。莉莉烦躁地甩甩尾巴，一头顶在女人高耸的、软绵绵的胸脯上，冲着她龇牙咧嘴。这下酒馆里所有的人都哄堂大笑："要死啰。"女人轻轻拍了一下猎人的肩膀，然后也跟着所有的人一起笑了。巴特在这一片哄笑声中如鱼得水地吐着他粉红的舌头，一副激动的样子。

在莉莉的记忆中，那天晚上猎人其实是很高兴的。也许是因为那些酒，也许是因为酒馆里那个美丽女人的调笑，也许是因为镇上的人间烟火慰藉了长年累月荒原的寂寞，也许是因为他终于又从那人间烟火中回到他寂静的家园里。总之，那天晚上，猎人突然蹲下身子，慢慢地看着莉莉的脸。他看上去真的很高兴，他伸出手，一点一点，无限珍惜地抚摩着莉莉。于是莉莉也懂事地用她的小脑袋蹭猎人的手心。炉火映红了猎人的脸，他的眼睛里漾起来一种迷蒙的东西。莉莉在他的眼睛里看见了两个自己，他忧伤地说："莉莉，四年了。"

第二天早上他们一如既往地出门打猎，不过去的是山里。这让巴特很高兴。巴特喜欢进山里，因为他的灵敏的鼻子在山里派得上大用场，往往是因为他，才寻得着猎物的踪迹。可是莉莉就很泄气，因为莉莉喜欢原野上一马平川的视野，在山里的时候猎人多半是用不着她的。天气已经变凉了，寂静的山中听得见松果噼啪坠地的声音。那些小松鼠们远远地看见他们来了，一个个像是舞蹈一样轻盈地藏匿于树枝间。猎人用猎枪指着桦树下面一堆巨大的粪便，微笑着说："巴特，看，熊来过了。"巴特兴奋地轻吠一声表示赞同。

莉莉懒洋洋地跟在他们后边，提不起一点儿兴致。山里的空气很好，可是不知为什么总是有种凛冽的阴谋在蠢蠢欲动。潮湿的泥土上留下莉莉花蕾一样的脚印，莉莉有些落寞地耸了耸自己的耳朵。然后她听见了水的声音。

那是一个峡谷。不算大，但是很深的峡谷。瀑布从遥远的、看不见尽头的地方汹涌而来，欢腾地在峡谷中粉身碎骨。火红的枫叶落满了水流不到的地方，宁静地腐烂着。莉莉的耳边充斥着水的声音，水在欢呼，在惊叫，在碎裂——那是莉莉在原野上没有见过的东西。每一次，当莉莉轻松地跳起来扑向一只猎物的时候，它们濒死的脸上从来都是呈现一种漠然的安静，不会像这些水一样，这么陶醉，这么不在乎。莉莉警觉地回过头，她已看不见猎人和巴特的影子。

起初莉莉并不着急。她笃定地相信不一会儿就能听见猎人焦灼地唤她的声音，她甚至颇为自得地享受了一会儿这来之不易的自由。但是没过多久，莉莉就开始不安了，又过了一会儿，她开始害怕了。山林总是不动声色的，天空也是不动声色的，峡谷还是不动声色的，在这巨大的不动声色中莉莉感觉不出一丝一毫猎人和巴特的气息。她的耳朵像是蝴蝶翅膀那样扇个不停，爪子一下一下地刨着柔软的逆来顺受的泥土。瀑布的声音越来越响了，恍惚中莉莉觉得自己在这喧嚣声中辨认出了巴特“汪汪”的嗓音。莉莉用尽全身力气叫了一声：“巴——特——是你吗？我在这儿，你在哪儿啊——”

莉莉不知道自己这一声喊叫让整个山谷里的野兔和松鼠都瑟瑟发抖地缩成了一团。它们不知道这只美丽的母狮子其实没有一丁点儿杀意，她只是在寻找她的亲人。山谷里依然静谧，没有回音，只是阳光，阳光像叹气一样地偏西了。猎人没来，巴特也没来，但是莉莉看见了他缓慢地从峡谷的那一端绕了过来，静静地靠近她，美丽的鬣毛在风里不羁地抖动。我决定管这个闯入莉莉的故事的新角色叫阿朗。其实他是没有名字的，不过就叫他阿朗吧。因为他出现在莉莉眼前的那一刻，天空无限清爽，阳光就像他的鬣毛那样不可一世地放纵着。

阿朗静静地说：“莉莉，我注意你很久了。”

“你是谁？”莉莉有些迷糊。

“我是你的同类。”

“你是说——”莉莉迟疑地靠近他，身体蹭到了他的脖子，“你也是一只狮子对不对？”

“这句话应该我来问你，莉莉。”阿朗笑了，“你真的还记得你自己也是一只狮子吗？”

“你是从哪儿来的呀？”莉莉有些不高兴地跳开了，充满敌意地望着面前的阿朗。

“莉莉。”阿朗认真地说，“你很漂亮。”

“我知道。”莉莉骄傲地仰着头。

“那你知不知道，你应该跟我走？”

“那可不行。”莉莉调皮地眨眨眼睛，“我得回家，猎人跟巴特现在一定在到处找我了。”

“你是一只狮子，莉莉。”阿朗坚定地说，“狮子是没有家的。”

“我有。”莉莉倔强地反驳。

“你总有一天会没有。跟一只猎狗一起给一个人打猎，真荒唐，那不是你该做的事情。”阿朗神秘地微笑了，“想不想知道，你该做什么？”

莉莉困惑地看着他，这个时候阿朗突然转过身，后退了几步，眼睛里有种灼热的东西开始燃烧。然后他弓起身子像旋风一样地奔跑，再然后，对着深邃的峡谷，纵身一跃，像是要寻死一样不管不顾。当然是没有死，他轻盈地、没有声音地落在峡谷另一边的满地红叶上。莉莉出神地看着他奔跑、起跳、飞翔，看着他在几秒钟之内变成了一个神明。那里面有种似曾相识的东西，莉莉明白了，她看见了自己。在原野上追逐猎物的时候，当你的杀气在体内积满，就要溢出来的那一个瞬间，你就会像现在这样，轻盈地、义无反顾地纵身一跃。

“看到了吗？莉莉？”阿朗又跳了回来，他眼睛里散发着火焰熄灭后余烬的温度，“你要不要试试？”

莉莉犹豫地摇了摇头：“太深了，也太宽了，我不行。我跳不了那么远。”

阿朗嘲讽地笑了：“你居然还敢说你是一只狮子，你一定没有听说过关于这个峡谷的传说。”

莉莉迟疑地说：“没有，事实上，我今天是第一次来。”

“住在这个原野上的每一只狮子都要跳一次这个峡谷。每一只，一辈子，总是要从这儿跳一次。不是每只狮子都能像我一样轻松地跳过去，有的狮子就死在这儿，这个峡谷底下的瀑布里。可是就算是这样，我们还是必须冒一次险，至少跳上一次。这是我们身为狮子，必须要做的事情。”

“为什么？”莉莉问。

“问为什么是人的习惯，莉莉。”阿朗说，“你不应该有这种习惯，因为那会冒犯神灵。”阿朗突然间靠近她，非常近，莉莉从来没有这么近距离地打量过一只公狮子的脸。她像前一天晚上在猎人眼睛里那样看见了两个小小的自己。阿朗温柔地看着她，说：“我们一定还会再见面的，莉莉，我在你的眼睛里看见了渴望。”

他的呼吸吹到了莉莉的脸上，让莉莉莫名其妙地有些慌乱。这个时候他潇洒地甩了甩鬣毛，说：“你不认识路，我带你走出山去。”

莉莉的爪子轻轻地碰了一下他绚烂的鬣毛，悄悄地想：“多美啊，可是为什么我就没有呢？”

夜幕降临了，小屋里依旧燃着炉火。猎人把半只烤熟了的山鸡放在巴特面前，说：“吃吧，巴特，前段日子委屈你了。现在莉莉走了，你可以像以前那样吃东西了。”巴特默默地站起身，看也不看面前的山鸡，走到屋角把自己蜷缩成一团。“巴特。”猎人耐心地说，“我知道你生我的气了，可是莉莉跟你不一样。当初我把她带回来是因为她还那么小，如果把她独自留在原野上她是活不下去的。可是现在她大了，她已经可以自己捕食了，她就必须回到大自然里。就是这么简单，巴特。”巴特依旧一动不动，只是喉咙里发出一阵咕噜咕噜的声音以示抗议。猎人当然是听不懂巴特的话的，巴特其实是在说：“那你有没有问过莉莉自己愿不愿意呢？”猎人蹲下身子，拍拍巴特的脑袋：“伙计，相信我，我和你一样舍不得莉莉。”巴特粉红的舌头又愤怒地伸出来了，他重重地喘着粗气，他其实在说：“莉莉也一样舍不得你和我，这才是最重要的。可是你当然不会这么想，你永远忘不了你是主人。”

猎人脸上的火光轻轻地抖动了一下。然后是一声门响。巴特一个箭步冲上去，把站在门口的莉莉扑倒在地上。已经有很久，他们没再像小的时候那样拥抱着在地上打滚儿了。巴特紧紧地拥着莉莉，莉莉笑了，开心地嚷："巴特你们到底在搞什么鬼啊？你们没想到我自己也找得回来吧。我厉害不厉害，巴特？"莉莉想其实自己有些吹牛了，因为如果不是那个阿朗的话她自己是无论如何也走不回来的。巴特不知道莉莉的脸上为什么突然浮上来一抹陌生的娇羞，巴特没命地舔着莉莉的脖子、莉莉的脸，喉咙里"呜呜"地哼着。莉莉被弄得很痒，所以莉莉没有在意巴特为什么要一遍又一遍地说："莉莉，对不起。对不起。对不起。"

猎人是在这个时候走上来的。莉莉扑上去舔他的脸的时候，他躲开了。他伸出手，轻轻地握住了莉莉的一只前爪，他说："莉莉，听我说，你不可以再回来了。知道吗？"莉莉愣了一下，然后继续撒娇地在他的手心里蹭自己的小脑袋。可是猎人站起身，吱嘎一声把门打开了。深蓝色的夜空和漆黑的原野就这样猝不及防地闯进温暖的小屋里。炉火跟着跳了一下，水波荡漾似的，在猎人的脸上抖动出了一些涟漪。莉莉惊愕地望着猎人，她隐约明白了这扇门是为了她才开的。

"走吧，莉莉。"猎人说，"你必须回去，回原野去。你的同伴都在那里，身为一只狮子，你没道理夜夜都睡在火炉旁边。"他蹲下身子，摸了摸她的脑袋，"莉莉，你长大了，你该当新娘子了。懂吗莉莉？你跟巴特不一样，你是女孩子，总有要离开家的那一天。因为不离开家你就没有办法做妈妈，没有办法为你的孩子找来一个爸爸。莉莉，听话，走吧，别再回来。”

巴特紧张地在屋角竖起了耳朵，用一种近似于凛冽的眼神打量着这个场景，他看见莉莉歪了一下头，憨憨地、莫名其妙地看着猎人。细细的尾巴在宝蓝色的夜幕里像根芦苇那样妩媚地晃动。

“莉莉，勇敢一点儿。”猎人拍拍她的身体，“走，走吧。”莉莉很迟疑地往后退了几步。刚刚退到门外的时候，小屋的门就猝不及防地关上了。

那是莉莉第一次在夜晚的原野上细细地凝视自己的家。很深很深，就像个巨大的湖泊那么静谧的夜晚里，他们小屋的灯光就像一颗从天上掉下来的流星，照亮了这个屋子木头的、敦实的轮廓。夜风四起，莉莉觉得自己的身体像是一个被拿去塞子的玻璃瓶。夜静静地、自由地灌注了进来，凉爽得很。那一瞬间莉莉心里几乎是感动的，她从没这样看一眼她平日司空见惯的家。她慢慢地走了几步，回一下头，走到一棵桦树下面的时候她停下了，因为再往前走的话，小屋窗子里的灯光就会看不见的。莉莉卧在了这棵桦树下面，她不知道她缓慢地卧下去的姿势就像一个优雅的女王，她只是非常肯定地想：只要过上一会儿，猎人就会给她开门的。夜空很远，很高，狼又在远处开始嚎。莉莉模糊地明白自己现在就像一个回忆一样跟这片原野自然而然地融为了一体。没有房子的阻隔，没有灯光造成的温馨的假象。这样其实也挺好，她愉快地望着自己呼出的一团清爽的白霜，然后想，真冷呀，所以猎人一定马上就要给她开门了。

这个时候巴特羞耻地卧在窗子旁边，为自己一个人享受着炉火而脸红。

不知过了多久，月光照亮了莉莉面前的土地。在月光中莉莉倔强地抱紧了自己。一只乌鸦从月亮上飞了过去，凄清地叫着。

门终于开了，漆黑的夜突然睁开了一只橙红色的温暖的眼睛。莉莉快乐地朝着熟悉的方向飞奔而去，四肢被冻得有点僵了，不过没关系，莉莉已经闻见熟悉的气息了。猎人站在她的面前，忧伤地摇了摇头。

“莉莉，”他说，“你不懂我的意思吗？你等在这儿是没有用的，从现在起这里不是你的家了。我让你走，你得回到你来的地方去，你明白吗？”

莉莉恼怒了，因为猎人居然在她马上就要接近温暖的炉火的时候拦住了她的路。你太过分了吧，莉莉瞪着猎人，眼神愤怒得像是冰蓝色的火焰。

猎人突然弯下腰，从地上拎起铺在火炉边的毛皮。那是莉莉跟巴特睡了好几年的床，那上面散发着让莉莉最喜欢最安心的气息。猎人非常猛烈地在莉莉的鼻子前面抖动着它，很多受了惊吓的灰尘于是在周围的灯光里欢喜地舞蹈。

“莉莉，看看这个。”猎人直视着莉莉的眼睛，“你记不记得我跟你说过，这是你妈妈？记得吗？它是你妈妈。现在我告诉你，你妈妈是被我打死的。这张皮是村里祭祀完了以后才剥下来的。我不是你的亲人，我本来应该是你的仇人。莉莉，你懂了吗？”

“你胡说。”莉莉扑了上去，她只是想赶开这块该死的毯子而已。她听见巴特在屋角的一声短促暴烈的惊呼。短暂的寂静，然后她看见了血。

“巴特，你安静点儿，没事。”猎人平静地说，一边从已经被抓破的衣袖上撕下来一条，熟练地扎在自己染红的手臂上。屋子里只剩下莉莉和猎人重重地喘息的声音。血微妙的气息让莉莉莫名其妙地眩晕，那是一种熟悉的，跟征服相关的气味。莉莉不知道原来猎人也是会流血的。

“很好。”他把他受伤的手臂伸到莉莉跟前，“其实你我的关系本来应该如此。无论如何，你是一只狮子。下次见面的时候，那应该是在原野上，或者是山里吧，别忘了你要像刚才那样对待我，莉莉。”

莉莉转过了身，苍茫的夜色给了她一个寒冷的、柔情似水的拥抱。她想：已经是冬天了。

她终于还是在那棵桦树下面停下了。她犹豫着，要不要像刚才那样卧下去。不过这一次，不是为了等待，她知道那扇门是真的不会再为她而开。那么是为什么呢？她想不清楚自己究竟是失去了什么东西，还是搞错了什么事情。她的眼睛突然间像星星那样闪了一下。因为那种明白自己永远失去什么东西的感觉很恐怖。

然后她看见，阿朗来了。

阿朗就像从月光里游出来的一样。无声无息，温柔而蛮横地踩倒了原野上蒙了一层霜冻的小草。阿朗静静地说："莉莉，我说过，我们还会再见面的。"

那天晚上，莉莉成了阿朗的新娘。她不知道当她懵懵懂懂地跟着阿朗朝山的方向行走的时候，猎人就站在小屋的窗前，看着他们的背影。然后猎人微笑了："巴特，我说过，莉莉是个了不得的姑娘，你看怎么样，漂亮的女儿永远是不愁嫁不出去的。"巴特懂事地卧在墙角，他知道背对着他的猎人的表情此刻很落寞。

莉莉从来没有试过在满天的星斗下面睡觉。阿朗卧在她的旁边，挡住了风。阿朗说："你慢慢就会习惯。我每天晚上都会卧在能给你挡风的那一边，这一点，你可以放心。"莉莉顺从地把她的小脑袋贴在阿朗的肚皮上，温热的。她听见阿朗的心脏跳动的声音。"那你呢？"莉莉有点不好意思，"你就不冷吗？"莉莉只有在面对猎人跟巴特的时候才会心安理得地享受所有的关怀，相反，如果这关怀来自其他人，她就会觉得不安，觉得受之有愧。其实正是因为她拥有过太多的宠爱，所以她才会对分外给予宠爱的人格外敏感。“莉莉，”阿朗像是知道她在想什么，“从今天起，你就把我当成猎人和那只笨狗吧。”阿朗笑笑，“因为现在我就是你唯一的亲人了。”“巴特不笨。”莉莉不同意地说，突然觉得心里有一阵很紧的疼痛，因为她想起她慢慢地迎着辽阔寒冷的夜色从小木屋里走出去的情形。她转过脸，睁大眼睛看着满天的繁星，她不愿意想下去了，她说：“阿朗，你知道为什么月亮很好的时候就看不见星星，星星很多的时候就看不见月亮吗？”阿朗伸出舌头舔了舔她的脸：“本来就是这样的，有什么为什么。”“我觉得月亮碎了的时候就变成满天的星星了，你说对不对呀。”莉莉认真地看着阿朗。阿朗温柔地微笑了：“对，我也是这么想的。莉莉，我们睡吧。”阿朗微笑的时候跟猎人很像，很温暖，可是有股很冷静的、跟权威有关的寒意不动声色地藏在这微笑后面。不要再想猎人了，莉莉对自己说，她知道也许她跟猎人再也无法相逢。不要再想，不要再想了吧。那种滋味真是恐怖，那不是莉莉熟悉的任何一种滋味呀。

大多数动物都比人要擅长遗忘，那是为了生存。忘掉曾经的危险、饥饿、恐惧，还有伤害，然后，心安理得地跟岁月艰辛地相处下去。在这个生生不息的自然里，有那么一瞬间，发现了某种神谕般的宇宙的真相。因为没有语言跟记忆，也就淡忘了，并没有觉得自己发现的东西有什么了不起。可是莉莉毕竟有些不同，她有比别的动物更深以及色彩更鲜明的回忆。往昔的岁月，人类的语言，等等，总是在某个意想不到的瞬间跳出来折磨她，让她领受那种煎熬的滋味。莉莉咬紧牙忍耐着，对这种折磨守口如瓶。把莉莉从一个少女变成了一个妇人的，其实并不是阿朗，而是这种没有尽头的忍耐。

有些事情永远不能对任何人说，有些事情永远是只有自己知道就足够了。可惜阿朗就不明白这个，他是那么喜欢倾诉。好像对他来说，再大的苦难都是可以拿出来跟人讲的。莉莉卧在他的身边，充满怜爱地看着他的脸。这是我的男人。莉莉微笑着对自己说：他是我的，这个跟我水乳交融，跟我骨血相连，跟我有肌肤之亲的男人。

阿朗总是不厌其烦地回忆着过去。阿朗是狮群里的王子，准确地说是曾经是。当阿朗的父亲老去的时候，年轻力壮的狮子便起来推翻他。经过整日的搏斗跟厮杀，年轻的狮子终于咬断了他的喉管。“他已经体无完肤。”阿朗忧伤地说，“我不知道他怎么可以撑那么久的。”新的王产生了，整个狮群里的成年公狮第一件要做的事，就是一起杀掉死去的旧王的全家。可是阿朗逃了出来，从此开始了他流亡的日子。

“莉莉。”阿朗热切地看着她的脸，“答应我，给我生孩子。我们会生很多很多的孩子，然后我们一起去找他们。我得把属于我的东西夺回来。莉莉，你生来就是要做我的王后的。我知道，我一直都相信一件事，世界上既然有一个像我一样的阿朗，就一定会有一个像你一样的莉莉来跟我遇上。不对吗？”莉莉宽容地看着他，心里暗暗地叹气：你呀。莉莉对所有与征服有关的事情都没有兴趣。杀戮从来都不是也不该是一样用来见证荣耀的东西。杀戮是为了自己的生存，仅此而已。就算你是狮子，是一只会让很多动物害怕的狮子，也是如此。但是莉莉从来就不会对阿朗说这些，她只是静静地、美丽地微笑着，看着正在梦想的阿朗。阿朗说：“莉莉，你知道。我本来就是一个君王。”莉莉回答：“是，当然。”阿朗说：“莉莉，你知道，我不是为了要报仇，不是。我为王位而生。”莉莉说：“是，我知道。”阿朗说：“莉莉，我总是会梦见他，那个咬断我爸爸的脖子的家伙。他有一点儿特别，他颈子上有一圈毛是黑色的，像是凝固了的血。我想象过很多次，很多次。我就是要对着那圈黑色咬下去，让新鲜的血流出来，覆盖它。莉莉。”莉莉回答：“没错的，你应该这样。”阿朗的声音缓慢了下去，似乎是困了，他低声说：“莉莉，我也不知道为什么。有的时候，你很像我妈妈。我这么觉得，其实我已经不再记得我妈妈长什么样子了。”

在阿朗平缓的、沉睡的呼吸声中，往事就这样涌了上来，像鲜红的、翻腾的血液那样涌了上来。猎人说：“莉莉，你的妈妈是我打死的。明白吗？我不是你的亲人，我原本该是你的仇人。你明白吗？”莉莉其实不明白。莉莉从来就没有仇恨过。莉莉懂得那些蕴含于赤裸裸的厮杀中的寒冷的、没有道理可讲的规则，可是她从来没有真正地仇恨过谁。然后莉莉问自己：阿朗知道什么叫仇恨吗？好像是不知道的。其实他只是想征服跟战胜，并不具体地针对什么人。远方的天空被火光映红了，莉莉听见了号角跟音乐的声音。那是祭祀，是村子里的祭祀。莉莉的心脏狂跳了起来，她怯生生地推醒了阿朗：“阿朗，我们去看祭祀，好不好？”她被自己言语间那种颤抖的渴望吓了一大跳。她没有追问自己那到底是为什么。

当莉莉轻车熟路地带着阿朗来到岩石上边的时候，阿朗很不满地嘟哝着：“莉莉，你为什么总是对人的事情这么感兴趣？”巨大的岩石脚下的篝火映红了阿朗俊美的脸庞。莉莉充满歉意地望着他，阿朗终于叹了口气，不再抱怨了。村子里的祭祀仪式就在他们脚下，一览无余。莉莉屏住了呼吸，目光灼热地盯着那个往日的最最熟悉的位置。曾经，她和巴特就坐在那里，人们给他们俩戴上沉重又绚烂的花环。人们热闹地说：“瞧瞧这兄妹俩，多神气啊。”但是现在一切都变了，莉莉静静地待在峭壁后面，她知道那已经不再是她的生活。

可是猎人不在人群里，巴特也不在。在这个最盛大的节日里，英雄居然不在场。莉莉知道，有事情发生了，而且是不好的事情。莉莉表情淡漠地把这个事实吞下去，咽下去，就像她第一次吞下那些滴着血的生肉一样，就像这个事实也在散发着原始的腥气。也许他没有死，不应该把事情想得那么糟糕。也许他只是受伤了，也许他只不过是带着巴特去镇上了。这个时候鼓乐的声音更加地热烈了，人们围着篝火跳起了舞。阿朗兴奋地抖了抖他的鬣毛，强烈的鼓点让他振奋，因为那和心跳的声音类似。今年的舞蹈跟往年没什么区别。但是在很久很久以前，不是这样的。居住在原野上的人们把祭祀的舞蹈看得比什么都重要，舞蹈一定是每年都要换新的，要花很大的精力去排练。那个时候，很久很久以前，这都是猎人告诉莉莉的，原野上的人们都向往着盆地里的生活。因为盆地里的人们安居乐业，盆地里总是风调雨顺的，日子过得一点儿不像原野上这么辛苦。可是对于那个时候的人们来说，盆地太遥远了。原野上的孩子们都知道，对于盆地里的人来说，丰收是一件再自然不过的事情。可是只有当孩子们长大后，体会过劳作的艰辛，才知道随随便便的丰收是一样多么贵重的梦想。于是他们再无限神往地对他们自己的孩子说：“盆地里的人们只要把种子一撒就什么都不用管了，庄稼就像野草一样疯长，管都管不住。”有关盆地的向往就这么世世代代地传了下来，偶尔，当有人真的有机会去盆地看看的时候，他们就跟盆地的人们买来一个舞蹈。舞蹈是买的，因为要用山里的野味交换，才可以跟盆地的人们学习这些舞蹈。在祭祀的仪式上，他们会向所有居住在原野上的人们跳买来的、贵重的、盆地人的舞。于是所有受苦的人们，有了一个机会。在这短暂的舞蹈的瞬间里，以为自己变成了盆地人，变成了不必为生存担心的盆地人。只要有这么一点点念想，他们就可以任劳任怨地活下去了，哪怕丰收就像悬挂在原野边缘上的夕阳，看上去唾手可得，可是你永远都够不到。

鼓点越来越快了，祭祀中最重要的节目来临了。人们要把他们的英雄，也就是猎人，抬起来，抬得高高的。以往，这个时候排山倒海的欢呼声在莉莉跟巴特的心里激起一阵狂喜的惶恐。因为明明知道这个场景是再快乐也没有的，可是莉莉就是能从这极致的欢乐跟放纵里嗅出一点毋庸置疑的杀气。此刻，欢呼声又在脚下响起来，像潮水一样，迷醉地冲刷着阿朗的眼睛。

英雄被人们抬起来了，但是这个英雄不是猎人。或者说，是一个新的猎人。他的头上跟脖颈上挂着跟往年的猎人一模一样的装饰。但是他不是猎人，不是莉莉认识的猎人。不用再怀疑了，莉莉的猎人已经死了。莉莉对自己凄然地微笑了一下，她知道自己终有一天会接受这件事情的，就像她终究接受了猎人的抛弃，就像她终究接受了阿朗。可是有一件事情让莉莉害怕，她发现，虽然猎人已经换了，虽然英雄已经换了，可是人们还是爆发着一模一样的，震耳欲聋的欢呼声。难道说，其实他们根本就不在乎谁是那个被抬起来的英雄，只在乎这个可以欢呼的机会吗？莉莉记得猎人是用一种什么样的语气对自己说：“乖女孩，我是他们的英雄。”他们骗你。莉莉在心里说，你一定是为了给祭祀的盛典打一头猛兽才送命的，为了你身为英雄的荣耀。可是这根本就不是给你一个人的，不是。他们把这荣耀准备好了，可以随时给任何人，只不过你刚巧赶上。你怎么那么傻？

直到此刻莉莉才明白，猎人是她的初恋，是她此生第一个情人。但是当她看清这个的时候，她做别人的新娘已经很久了。

她宁静地转过脸，对阿朗说：“我们走吧。”阿朗目不转睛地盯着脚下：“为什么？刚刚才开始好看，你不要煞风景。”

“走吧，阿朗。”莉莉坚持。

“莉莉，别烦我。”他甩了甩鬣毛。

莉莉沉默了一会儿，静静地转过了身，独自朝远方走去。她的尾巴画出了一个傲慢而又优雅的弧度。夜风扑在莉莉的脸上，是凉的，远处的山静静地勾勒出一个比黑夜更黑的轮廓。从没有一个时刻，莉莉像现在一样渴望去到一个除了孤独之外一无所有的地方。无所谓依恋，自然背叛也就无从谈起。只有一种地老天荒的、遥遥无期的力量。身后响起的那声阿朗的吼声也没能动摇她心里那种无比坚硬的渴望。

“莉莉，你威胁我。”她知道阿朗生气了。

莉莉静静地转过身，深沉地看着他的脸：“我没有。”

“但是你一个人走了。”

“那是因为你不肯跟我走。”

“莉莉，你这是在命令我。”阿朗的眼睛蒙着一层薄薄的冰，“你居然敢命令我。”

“我为什么不敢？”莉莉温柔地说。她本来想说“别忘了你现在还不是君王”，但是她终究没有说，因为她知道那样会伤害他。

“你敢，你当然敢。那当初那个猎人把你扔到门外面的时候你为什么不走？不像刚才那样掉头就走？走得多漂亮多潇洒，难堪全是别人的。”

“阿朗，你别这么说。”莉莉的脸色依旧平静得像月光下的湖泊，所以阿朗不知道，莉莉是在乞求，“他已经死了，阿朗。别再提他。”

“我真替你害臊。”阿朗暴躁地一跃，轻盈地直逼向莉莉的脸庞，“他死了，你很难过。可是他是人，莉莉，你居然爱他。你居然爱一个人。”

“我没有。”莉莉的眼神很无助。

“你全都看见了，那些人有多蠢。你的那个猎人活着的时候他们把他抬起来，死了以后他们换个人来抬。简直蠢得就像一群泥土里的蚯蚓，还总是喜欢自作聪明。”

“我们不也是一样的吗？否则的话，那些原来看见你爸爸就发抖的狮子为什么还要帮着新上来的王追杀你？”

短暂的寂静过后，阿朗悲哀地摇摇头：“莉莉，背叛你自己的族群对你有什么好处？你以为你真正爱了一个人，你就能变成人了吗？他们照样会朝你开枪，就像打死你妈妈一样把你当成一个庆典上的祭品。”

“那是他们的事，跟我无关。”阿朗头一回在莉莉的眼睛里看见一种凛冽的东西。

“莉莉，在这个世界上只有我不会伤害你。只有我和你才是一样的，我们都是狮子。”

“阿朗你说得对，只有我和你才是一样的。”莉莉美好地凝视着他，“不是因为我们都是狮子，是因为我们都是叛徒。”

那天晚上，当阿朗习惯性地卧在风吹来的那一边的时候，莉莉突然觉得自己从来没有像此时此刻一样眷恋他。猎人走了，这世间顿时空荡荡了起来。如果不用满腔疼痛的柔情来填满它，又该怎么办呢。阿朗转过脸，舔了舔她的脸，也不知道阿朗有没有在她的眼睛里看到那种前所未有的缠绵跟顺从。阿朗说：“莉莉，你说过，你不会离开我。”莉莉说：“对，我不会的。你记得，就算有一天你离开了我，我也不会离开你的，阿朗。”

后来，当莉莉无数次地回忆那段跟阿朗在一起的日子的时候，总是在想：他们其实从来就没有碰上过阿朗嘴里的敌人，那个狮群。有的时候莉莉也会问自己，阿朗那个关于复仇的故事到底是不是真的。但是莉莉从来就没有问过阿朗。莉莉自己也说不上来她是从什么时候开始变得这么不爱追问的。但是，她的确是对所谓的“答案”“真相”之类的东西越来越不感兴趣了。转眼间，秋天又一次来临。因为莉莉从空气中闻出了一种睡眠般的凉意。阿朗总是喜欢到峡谷那里去，有事没事就喜欢跳过去再跳回来。莉莉在一边胆战心惊地看着阿朗像个贪心的孩子那样一次次跟粉身碎骨擦肩而过。可是她从来就没有阻止过阿朗跳峡谷，因为阿朗纵身一跃的样子真是好看死了。莉莉永远都看不够。

那一天，莉莉梦见了阿朗在跳峡谷，飞起来的时候阿朗还转过脸对她调皮地笑了一下。然后莉莉就醒来了，发现阿朗不在身边。莉莉找遍了整个原野，那几天所有的动物们都见过一只不知疲倦地狂奔着的母狮子。野兔们疑惑地说：“也许她是疯了。”最终她停了下来，转向了那个她一直逃避着的方向。

她以为她将在峡谷的下面看到阿朗的尸体，可是阿朗不在那里。那里除了峭壁跟激流之外，没有一点点别的痕迹。水的声音是很暴虐的，至少它不能给莉莉任何意义上的抚慰，就像庆典上人们的欢呼声一样危机四伏。当你经历过离散之后，你就可以在周围的空气中嗅出永诀的味道来。莉莉缓缓地卧在了峡谷的旁边，她看见枫叶红了，她知道阿朗不会再回来了。

她不知道阿朗为什么要丢弃她。她并没有多想。原因并不重要，或者原因本就不是她该追问的东西。她想起第一次见面的时候，阿朗对她说："为什么是人类的习惯，莉莉，你不该养成这种习惯，因为那会冒犯神灵。"她甜蜜地、一次又一次地回味那个初次见面的场景，那时候的阿朗那么沉稳跟骄傲，眼睛里总有种可以控制一切的霸气。可是在成为他的新娘之后才发现，其实阿朗还是个孩子。她幸福地回忆着，幸福得忘记了她已经像失去猎人那样失去了阿朗。

你好像总是在最最珍惜一样东西的时候失去它。这似乎是个规律。也因此，总结出这个规律的莉莉反而对此泰然自若。如果一定要这样，那就随它去吧。一种灼热的饥饿在她体内疯长着，似乎要把她的内脏烧成灰烬。她想也不想就冲着一头远方的鹿冲了过去，熟练地咬断了它的脖子。死去的鹿冰冷的血液可以暂时扑灭她体内那团火，还有深不见底的寂寞。狼吞虎咽的时候她感觉到身后有一双眼睛在注视她。她不慌不忙地转过头，唇边带着一缕血迹。

"莉莉，真的是你。"巴特说。

那一瞬间她不知道自己该使用什么样的表情。她慌乱地想，自己这样冷漠地一言不发，巴特说不定会生气的。她不知道巴特心里在想：莉莉真的一点儿都没有变，你看，吃东西的时候还是那种又狠又无助的眼神。

然后莉莉就看见了猎人。他朝着他们走过来，走得很慢，甚至有一点儿蹒跚。他居然没有带那支就像是他身体的一部分的猎枪。那个时候莉莉不知道自己该留下还是该掉头就跑。猎人已经来到了她的面前，他的那双旧靴子离她这样近，那上面散发着小木屋里的气息。可是猎人却说："巴特，走吧，我们该回家了。"

然后巴特忧伤地看了莉莉一眼，没有作声。猎人往前跨了一大步，腿碰到了莉莉的脊背。他将信将疑地蹲下身子，手慢慢地抚摩着她，他说："莉莉，是你吗？真的是莉莉吗？"巴特在一边轻轻地吠了一声，算是一个肯定的回答。

"莉莉，乖女孩。"他的掌心摩挲着莉莉的小脑袋，"我现在已经看不见你了。"这么说的时候他微笑了一下，他的眼睛依旧是他脸上最精彩的部分，像暗夜中比夜晚本身还幽深的湖泊。可是它们不能再帮他看东西了。猎人的视线现在就像一只翅膀被折断的鸟，看似停留在天地间的某个点上，其实与这个世界早已没有任何关系。莉莉闭上了眼睛，用力地在他的掌心中蹭自己的脸。"看不见就看不见吧。"她对自己说，"我还以为你死了。你活着就好。无论如何，你和阿朗之间，要有一个能活下来呀。”他温暖的手抚摩着她的全身、脊背、爪子、尾巴、肚子。摸到她的肚子的时候猎人愣了一下，他说：“莉莉，你自己知道吗？你要做妈妈了。”

那天晚上莉莉又回到了她的澡盆里，温暖的水浸泡着她，混合着松木香。炉火把猎人的脸庞映衬得有些醉意。他似乎变了，莉莉觉得。可能因为失明的关系，跟黑夜朝夕相对，心就慢慢变得温柔了，混沌了，对很多事情不求甚解却能够明白了。不像过去那样，因着一份近乎残酷的自信，无论如何都坚守着清晰的标准。“莉莉。”他说，“你回来了，真好。”

那天晚上月色很好，把小木屋变成了一个清澈的游泳池。在猎人熟悉的呼吸声中，莉莉的小脑袋轻轻地在门上一顶，门开了，当前爪已经踩在外面的月光里的时候，她突然又转过了身，因为她想再看他一眼。

“莉莉。”原来巴特没有睡着，他从那块他们的毯子上慢慢地直起了身子，“莉莉，你别走。”

“巴特，我有孩子了啊。我得去把我孩子的爸爸找回来。”

“莉莉，你不在的这些日子他很想你。你回来了，他真的很高兴。求你了，留下来。”

“可是巴特，我现在已经不习惯这样的生活了。”

“你会习惯的，莉莉。你就是这样长大的，你怎么可能不习惯？你慢慢就会发现的，莉莉，他变了太多了。自从他眼睛看不见以后，我们需要你。”

“那到底是怎么回事，他的眼睛？”

“枪走火了。”巴特的眼睛在月光下面清亮得很，“打到了他的脑袋里面。大家都以为他活不成了，可是他还是撑了过来，不过眼睛看不见了。”

“祭祀的时候，我没看见你们。我还以为他死了。”

“那个时候我们在医院里面。”

“医院，是在镇上吗？”莉莉歪着头。

“不，不是镇上。是城里，比镇上大多了。”巴特的言语间有一点儿骄傲，毕竟，跟莉莉相比，他算是见过了大世面。

然后他们都听到橡木床上传来了猎人愉快的声音：“莉莉，巴特，你们这两个坏孩子要是还不睡觉的话，当心我揍你们。”

他总是用这样的语气跟莉莉说话，莉莉微笑地回忆着。“多漂亮的小姑娘，我要叫她莉莉。”“莉莉，喝牛奶了。”“莉莉，干掉那只鹿。”“莉莉，我们去镇上。”“莉莉，走吧，别再回来了。”他总是这样短促，这样果断，这样毋庸置疑地主宰着莉莉的命运。现在他依然如此，尽管他已经失明，尽管他已经脆弱。他自己还没有意识到，从现在起，轮到莉莉来保护他了。

莉莉就这样留下来了。日复一日，莉莉的身体越来越臃肿，路走得越来越慢，可是孕育让她脸上散发出一种悠远的味道。莉莉五岁了，正是一只母狮子最成熟最妩媚的年纪。没有人告诉她，她倾国倾城。阿朗走了，猎人看不见了，巴特不好意思说这个。

猎人现在有大把空闲的时间。他总是沉默不语，脸朝着一个虚无的方向。村子里的人们都是好人，因为他们并没有忘记猎人，他们还是定期把食物堆在猎人的家门口。每个月镇上还会有人来，把镇上发给猎人的救济金从门缝里塞进屋子。莉莉发现，每到这个时候，猎人就会带着莉莉跟巴特去林子里散步，他想要避开这些心怀善意的人们。莉莉懂得。所以当看见镇上的吉普车远远地开来的时候，她就会走上去轻轻咬着猎人的裤脚，那意思是“我想出去走走了”。然后在出门的时候兴高采烈地跟巴特交换一个微笑。

猎人变得喜欢回忆往事，他总是说起他自己小时候的事情，也并不在乎莉莉跟巴特有没有用心听。莉莉认为这是因为猎人老了。猎人其实刚刚三十岁而已，一点儿都不老，只不过是心里有了沧桑。但是，莉莉对人类的年龄一点儿概念都没有。

那一天，村里的木匠还有很多的小孩子来到了他们的小木屋。木匠要带着孩子们去镇上看马戏，问猎人愿不愿意一起去。猎人微笑：“要不是因为我们已经认识这么多年的话，我会以为你是来捣乱的。”木匠的鼻头顿时更红了：“喂，我的意思是，这是马戏团啊，我打听过了，她在里面。”猎人沉默了很久，然后说：“我要带着巴特和莉莉。”木匠说：“不然就让莉莉看家吧。她的身子现在不方便……”猎人不耐烦地甩了甩头，木匠好脾气地笑了：“真是没有办法，莉莉，巴特，他现在一刻都离不开你们俩。”

后来，莉莉常常想：要是那天她真的没有去镇上的话，是不是一切都不会发生了？但是她知道，她是不可能不去的，就像木匠说的，如今的猎人就像一个孩子那样时刻需要着她和巴特。所以，莉莉对自己说，谁都没有犯错，所有的灾祸，只不过是因为眷恋。

镇上还是喧闹，因为马戏团的到来，更闹了。孩子们激动得鼻尖冒汗，他们一边舔着彩色的棒棒糖，一边冲着正在搭帐篷的马戏团团员们尖叫。这让他们觉得忙不过来，因为吃糖和尖叫这两件事不好同时进行。于是，他们的鼻尖因为这种忙乱而更加勤快地出汗了。还有什么比看到马戏团的后台更让人激动的呢？怀里抱着缀满亮片的裙子的空中飞人，刚刚画好脸但是还没换衣服的小丑，大象不慌不忙地驮着一箱行头走过去了，还有驯兽师正在给会做算术的小狗们系蝴蝶结，还有鸽子们从魔术师的盒子里面飞进飞出，还有会钻火圈的狮子被锁在铁笼子里。

会钻火圈的狮子被锁在铁笼子里。

会钻火圈的狮子是阿朗。

莉莉躲在一群孩子身后，静静地看着他。他好像瘦了，脸紧紧地抵在笼子的铁栏杆上边。离得太远了，她没有办法看清楚他的表情。

黄昏，猎人和木匠坐在小酒馆里等着马戏开场。性急的孩子们已经坐到观众席上去了。猎人自嘲地说：“听听这些孩子欢呼的声音，也是好的。”莉莉悄悄地溜了出来，绕到大帐篷的后面去，阿朗在笼子里不紧不慢地逡巡着。

他是真的瘦了。他的眼睛里好像有种什么东西沉淀了下来。他的身上有几道红得刺目的鞭痕。他一声不响地看着莉莉的脸，莉莉自己也没有想到，她说的第一句话是：“阿朗。他们，打你了？”

阿朗微笑，不点头，也不摇头。

“阿朗。”莉莉抬起了身体，爪子搭在铁栏杆上，“我找你找得好苦。”

“我掉进陷阱里了，受了伤。”阿朗静静地说，“我本来想去峡谷，然后就碰上了他们。他们把我带走，要我钻火圈。”

“阿朗，我怀孕了你知道吗？”莉莉伸出舌头，隔着铁栏杆，她舌尖的那一点点刚好能够着阿朗的脸，“阿朗，那是咱们俩的孩子。你要做爸爸了，阿朗。”

“莉莉，”阿朗的语气毋庸置疑，“听我说莉莉。我刚才看见你是跟着猎人来的，还有那只狗。猎人既然没有死，那你就应该回去，回到他身边去。然后，等这个孩子生下来以后，咬死他。明白了吗？”

“你说什么呀阿朗？”莉莉的眼睛闪闪发亮，“那是咱们俩的孩子。”

“莉莉，”阿朗摇着头，“这完全是人的慈悲，而且假惺惺的。没有我，你怎么养大他？碰到我的那群敌人，你们两个怎么活得下来？”

“阿朗，就算有你，碰到你的那群敌人的话，你以为我们就真的可以打败他们吗？”

“你是说，你瞧不起我。”

“我没有。我只是想说，你永远都在做当君王的梦，我愿意永远都陪着你做这个梦。可是你没道理把我的孩子也赔进去。”

“说来说去你还是瞧不起我。”阿朗激动地一跃，沉闷的吼声在空气中滚起了一层又一层的浪。然后不远处响起一个清脆又放肆的声音：“那头狮子又怎么了？真是伤脑筋啊。”

脚步声近了的时候，莉莉躲进了旁边一堆装戏装的大木箱后面。一个女孩子停在了阿朗的笼子前面，她穿着一条粉红色的纱裙，薄如蝉翼，亮片跟蕾丝眼花缭乱的，让她看上去就像一片滴着水的花瓣。可是她手里拿着一条皮鞭，她把皮鞭轻轻地往铁栏杆上一甩，那种地狱般的响声让莉莉心惊肉跳。如果她现在敢把这皮鞭甩在阿朗身上的话，莉莉发誓自己会扑上去，熟练地咬断她的脖子。可是她没有，她把皮鞭收在白皙纤巧的手里，炫目地笑："听话一点儿，知道吗？宝贝儿。"

阿朗抬起脸，炽热地看着她的眼睛。她的手伸过了铁栏杆，梳了梳阿朗的鬣毛，然后转过身，翩然离开。莉莉清楚，阿朗的眼睛里，有爱情。

"阿朗。"莉莉不知所措地笑一笑，"你，你在犯我以前犯过的错误。"

"莉莉，对不起。"

"你记不记得，是你自己跟我说的。你说，你以为你爱上一个人你就能真正变成人了吗？"

"我从来就没有想要变成人，莉莉。"

"但是你不会再跟我回山里了，我知道的。"

"莉莉，你原谅我。"

"好吧。"莉莉咬了咬牙，"可是你要记得，要是他们打你，欺负你，你忍不下去的时候，该怎么办就怎么办，明白吗？"

"当然明白。"

"就算爱上了一个人，也不可以忘记，我们是狮子啊。所以你绝对不可以低头的，阿朗。"莉莉的眼睛亮得就像星星。

"对。不能低头。哪怕是为了活下去。"在阴郁的铁笼子里面，阿朗霸道地一笑。天色已经暗了。他身上的鞭痕在远处点亮的灯火中绽放出一种拼尽全力的红。从来没有一个时候，阿朗这么像一个真正的君王。

后来，很多年以后的后来，莉莉都常常梦到那个马戏团里灯火辉煌的夜晚。那个粉红色的女孩子在半空中飞翔、翻滚，在空气里跳舞。底下观众席里的惊呼声越响，她就越轻盈。莉莉糊涂了，她到底是一个人还是一只蝴蝶？也许她又是人又是蝴蝶，一定是这样没错的。不然的话，她为什么能从莉莉这里夺走阿朗？

木匠在猎人的耳朵边说："她已经长大了。她穿的是粉红色的衣服，越来越漂亮了。"

当孩子们欢呼着"狮子来了"的时候，莉莉钻到了椅子下面，把自己的身体贴在猎人的腿肚子上，这样能让她有一点儿安心的感觉。椅子底下很黑，还潮湿。莉莉在这局促的潮湿中紧紧地闭上了眼睛。她听见孩子们尖叫着："那是真的火！""看哪，真的跳过去了！"一个孩子把棉花糖的彩色包装袋扔到了椅子下面，莉莉慌乱地把它咬在嘴里，是种淡淡的，莉莉从童年起就熟悉的甜味。那种人类的甜味可以让莉莉对此时此刻杀气腾腾的欢呼声勉强地产生一点儿信任。祭祀的时候他们也是这样欢呼的。他们给莉莉戴上花环，然后围着篝火唱歌跳舞。他们唱的是一首古老的歌颂太阳神的歌。莉莉听不懂歌词，可是莉莉知道那是在膜拜一种伟大的力量，是在敬畏一些不能吃的东西。

不是为了流血。他们唱：

> 青云衣兮白霓裳，
> 举长矢兮射天狼。
> 操余弧兮反沦降。
> 援北斗兮酌桂浆。

那也是阿朗的梦想，莉莉知道的。阿朗不是为了想要当一个君王那么简单，也不是想要征服一个人类的女子那么简单。阿朗想要的是一个机会，一个可以尊严地面对无边无际的苍穹的机会。他以为他自己是可以做到的，他以为这是他自己努力就可以做到的。他至今不明白尊严不是猎物，不是说你竭尽全力地追赶就可以得到。尊严就像是你的回忆一样，永远只能跟你存在于不同的时空。只有当你自己不存在的时候才能跟它融为一体。你为什么就是不能明白？尊严永远都是并且只能是一个路标，为候鸟们指引你坟墓的方向。所以莉莉原谅了阿朗，原谅了他的背叛，原谅了他的不辞而别，原谅了他的执迷不悟。他并不是残酷，他只是倔强。

周围突然间死一样的寂静。莉莉从座位底下小心翼翼地探出了她的小脑袋。观众席上的每个人都屏住了呼吸，像是早有预谋，凝视着同一个方向。阿朗停在火圈的前面，一动不动，无论怎样都不肯再钻。脸上的表情跟莉莉第一次见到他的时候一模一样，自负得让陌生人害怕，让懂得他的人心疼。粉红色的女孩子微笑着接近他，在强烈的灯光下，莉莉第一次好好端详她甜蜜的脸庞。然后她轻盈地扬起手，鞭子重重地落在了阿朗身上。两道伤痕就像彩虹一样在北风般凌厉的抽打声中绽放了。阿朗仰起脸，用曾经注视过莉莉的眼神看着她拿鞭子的手。

别以为我们会向你们低头，莉莉恶狠狠地咬了咬牙。可是她心里有个声音在说：阿朗，求求你，不要那么犟啊。你以为她真的能像我一样吗？

鞭子又抽了下来，阿朗的身体上现在有一张血红色的网。他的视线似乎是在寻找，然后，对着远处的莉莉调皮地一笑。再然后，莉莉是在四周爆发出的震耳欲聋的惊呼声中看清发生了什么事情的。阿朗轻盈地跳起来，不费吹灰之力，扑倒了粉红色的女孩，把她踩在了前爪下面。可是阿朗跳起来的时候碰倒了火圈，火苗舍生忘死地蹿到了阿朗身上，疼痛中阿朗把女孩踩得更重，仰起脸，使出了全身力气吼了一声。

莉莉知道，阿朗在吼叫的时候是想寻找原野上的天空。但是他只看得见舞台上的幕布。莉莉已经听不见周围地狱般鬼哭狼嚎的声音，听不见猎人沉着地对木匠说了一句：“你带孩子们先走。”听不见很远的地方隐约传来警笛刺耳的声响。她只知道，那一声仰天长啸，是阿朗在谢幕了。可是那暗红色的幕布太破旧，太暗淡，也太肮脏。阿朗，你不值得。

人群已经逃难般地拥向了出口。他们的喧闹跟拥挤让莉莉想起那些峡谷中没有头脑，只知道制造噪声的水流。莉莉觉得有一种异样的、寒冷的力量在她的皮肤下面涌动。那不是杀气，杀气不会让你有飞翔的、轻飘飘的预感。当一个哇哇大哭的小姑娘的红色鞋子落在莉莉眼前的时候，莉莉的心里划出一道雪亮的光。

阿朗，等等我。

一片混乱之中，只有少数几个人看见，观众席的最后一排，有一只母狮子，像道闪电一样不可思议地冲着舞台飞了过去。莉莉清楚，这一次的纵身一跃，不是为了一只死期将至的猎物，而有可能是向着自己的死期。不管了，不管了。落地的那一瞬间，天地间只剩下了寂静。肚子里因为这剧烈的颠簸撕心裂肺地疼。疼痛埋没了一切人间的声音。阿朗的额头上开出了一朵红艳艳的花，他终于松开了女孩，倒了下去。莉莉仓皇地转过脸，她看见盲眼的猎人就站在舞台的下面，端着一杆还在冒烟的枪。

巴特静静地卧在小镇的石板街上，狂欢的人群像河流一样填满了古老的街道。救护车拉走了粉红色的女孩，人们要做的事情就只剩下狂欢了。还有，膜拜他们的英雄，他们虽然已经失明但依旧百步穿杨的英雄。猎人让人们相信了，这世上真有传奇这回事。木匠因为激动的关系，鼻头越发地红。他的大嗓门盖过了所有的喧闹：“得去喝一杯啊，我倒要看看酒馆老板娘有没有胆量要咱们的壮士付账。”在人们的哄笑声中，猎人沉静地笑了笑。可是巴特看出来，他的脸庞被什么东西点亮了。“英雄——”马戏团的小丑问，“既然你看不见，你怎么有把握开枪呢？你就不怕伤着人吗？”猎人不紧不慢地开了口，周围顿时安静了下来，猎人说：“是莉莉。如果莉莉没有扑过去，我怎么样也不敢开枪的。但是她扑过去的声音提醒了我那只狮子的方向跟位置。莉莉是我的乖女孩，我相信不会错的。”话还没说完，猎人的声音就被一片喝彩声淹没了。同时被淹没的，还有巴特战栗的哀鸣。“幸好莉莉没有听见这句话。”巴特对自己说，“我永远不会让莉莉知道这个。谁敢让莉莉知道这件事，我就要他的命。”

所有的狂欢都与莉莉无关。马戏团的舞台寂静得简直荒凉，现在就剩下了莉莉跟阿朗。不，还有大象。是大象用自己的鼻子吸了水，帮阿朗把身上的火苗扑灭的。然后大象再静静地退回到舞台的一角，像是一道布景悲悯地注视着飞翔而来的莉莉。大象叹了口气：这个姑娘，多美，多苦命。

阿朗在流血。莉莉把爪子伸出来放在那个枪眼上，可是没用的，血还是自顾自地流出来，但是静静的。血是一样比水更聪明的东西，从不喧嚣，但是狠，一旦决定了要离开谁就再也不会回头。

“莉莉。”阿朗的脸依然俊美，“想不到最后，我还是只有你。”

“你说什么呀阿朗。”莉莉甜蜜地笑了，“这是理所当然的呀，你是我的丈夫。”

“莉莉，我很蠢。是不是？”

“不是的，阿朗。应该这样。你是君王，你只能这样，对不对？”

“莉莉。”阿朗笑了，“你真好。”

“你记不记得我说过，”莉莉舔着阿朗额头上流出的血，“就算有一天你离开我，我也不会离开你的。你还记不记得？”

“记得。”阿朗的声音低了下去，“莉莉，那你还记不记得我说过，世界上既然有我这样的一个阿朗，就一定会有一个你这样的莉莉来跟我遇上。可是我说错了。因为，”阿朗艰难地呼吸着，“因为能遇上莉莉，是我最幸运的事情。”

然后阿朗就死了，是微笑着死的，死在莉莉的怀抱里，听着莉莉肚子里的小宝贝心跳的声音。

三天后，猎人的婚礼在镇上的小酒馆举行。新娘是那个粉红色的女孩子。她的名字不叫蝴蝶，她叫婴舒。阿朗死去的第二天，猎人带着莉莉和巴特去看她。她静静地看着猎人的脸，潋滟地微笑：“你又救了我一次。”猎人说：“我们结婚吧。这些年你已经走得够远了。我等了这么久，不想让你再逃跑。”巴特非常不满地在一边喘着粗气，认为这种对白太过晦涩，一点儿没考虑到狗的接受程度。

猎人跟婴舒的婚礼对于镇上每个人都是一个美丽的通宵达旦。英雄配美人，当然是所有传奇理所当然的结局。每个人的表情都因为醉意而变得生动。一百个人的醉眼里，就有一百个千娇百媚的婴舒。实际上，她端庄得很，安静地坐在猎人的身边，谁都看得出，她就是侠胆英雄的那根隐秘的柔肠。

酒馆的老板娘快要忙疯了。可是莉莉看得出，这个美丽的女人有一点儿落寞。她叹着气，在自己缀满花边的围裙上擦擦手，弯下身子抚摩着莉莉的脑袋，她说：“莉莉，你要当妈妈了。恭喜啊。”

莉莉一个人走到了小酒馆的外面。镇上的街道空荡荡的，散发着青石板的香气。没有人行走的古老的街道在夜空下面呈现出跟原野类似的沉静的表情。空气真好，因为没有那么多的人一起呼吸。然后莉莉抬起头，她看见了月亮。

“莉莉。”巴特不知道什么时候来到她的身后，一脸的担心，“那个……马戏团里的那只狮子，是宝贝的爸爸，对不对？”巴特总是管莉莉的孩子叫宝贝，像一个非常称职的舅舅。

莉莉在满地的月光里，回头妩媚地凝视着巴特：“巴特，等生下这个孩子，我就走。带他一起走。”

“莉莉，你吃了那么多苦。”巴特安静地摆了摆尾巴。

“巴特，你告诉我，他杀了我妈妈，又杀了我丈夫，可是为什么，我还是会原谅他？”

“我不知道，莉莉。”巴特说，“你从小就这样，什么事情都要问我。我也不是什么都知道。”

“有件事你肯定知道。你得跟我说老实话，巴特。”莉莉突然间淘气地斜了斜眼睛，“有的时候，你有没有想过，其实你可以在一个只有你们俩的时候，跳起来咬断他的喉咙的。你想过没有？”

“没有。”巴特说，“莉莉你呢？你想过吗？”

“我不知道。”莉莉诚实地看着巴特的脸。

“其实我敢保证，莉莉，他也想过同样的事情的。他也想过，他其实可以用他的猎枪打穿我们的脑袋。他爱我们，这是真的。但是，他同时也不会忘记，生杀大权在他的手里。他可以忽略这个，可以要求自己不去想这个，但是他是不会忘记的。”

“巴特，你什么都明白了，什么都看清楚了。可是你为什么还留在他身边？”

“因为我知道他离不开我。因为我也离不开他。”

“我真是糊涂了。阿朗，就是宝贝的爸爸，他以前跟我说过，问为什么是人的习惯。我不应该有这种习惯。他很霸道的，老是跟我说不准这个不准那个。”莉莉突然间嫣然一笑，

“巴特，我好想他。”

深蓝色的夜空一瞬间倒转了过来，静谧的满月像颗子弹一样击中了莉莉臃肿的腹部。在撕心裂肺的疼痛降临之前，酒馆里的每个人都听到巴特焦灼的狂吠声。

莉莉在猎人的婚礼上生下了她和阿朗的女儿，取名朱砂。

是猎人给小女孩取的名字。因为她的额头上奇迹般地有一小块红色的胎记，圆圆的。猎人骄傲地说：“世界上还能有谁像我这么幸运呢？结婚当天的夜里就当了外公。”莉莉静静地躺在炉火边，甜美地微笑，看着婴舒抚摩着小女孩的胎记，那正好是击中阿朗的子弹待过的位置。

莉莉童年时候的澡盆被翻了出来，朱砂睡眼蒙眬地在温暖的水波里四脚朝天，是跟那时的莉莉一模一样的姿势。巴特的舌头又是长长地伸了出来，伸出前爪护着朱砂的小篮子。猎人说：“巴特，你小心一点儿啊，不要把口水滴到小宝贝身上。”巴特于是愤怒地瞪了猎人一眼。唯一的不同就是：朱砂用不着莉莉小时候的奶瓶，因为莉莉的胸前饱满得如同深秋的沃野。朱砂吃奶的时候，小小嘴唇的嚅动微妙地牵扯着她的内脏。她痴痴地看着朱砂干净的黑眼睛。她要给朱砂很多很多的爱，让朱砂像曾经的她一样，张狂地、横冲直撞地、不知天高地厚地长大。然后告诉她：要敬畏所有不能吃的东西。她的样子像我，可是性格会像你，阿朗。

大家是在四十八小时以后发现朱砂的缺陷的。朱砂的一条后腿弯曲得厉害，走路的时候都不能着地。小女孩天真烂漫地用她的三条腿笨笨地蹦跳着，因为幼小，再笨拙也好看。莉莉想起她自己在观众席上那奋不顾身的飞翔，落地的时候肚子里有种撕裂一般的疼痛，我的朱砂是在那个时候受了伤。不过阿朗，你不要介意，那不是你的错，也不是我的错。所有的灾难，不过是因为眷恋。还好朱砂现在懵懵懂懂地生活在所有人的宠爱之中，她很快活，全然没有留下关于在母体中时颠簸跟疼痛的记忆。

猎人现在有了一个很大的家庭，一共三代五口，两个人，三只动物。因为有了婴舒，这个家有一种烦琐但是真实可信的气息。猎人依旧喜欢带着巴特和莉莉出去散步，黄昏的时候他们回到小木屋。莉莉端庄地走在前面，巴特兴奋地跑前跑后，猎人走在最后面，偶尔肩膀上还是会扛一只莉莉弄来的鹿，像一尊青铜雕像。门口有婴舒在迎接他们，怀里抱着小朱砂，窗子里飘出饭菜的香气。朱砂的小爪子抚弄着婴舒垂在胸前的鬈发，还有裙子上的荷叶边。用红鼻头木匠的话说，婴舒是世界上最美丽的外婆。

可是莉莉知道，团聚的日子是短暂的。因为等到朱砂满十六个月，不用再吃奶的时候，他们就会把朱砂送到动物园去。这是征得了莉莉同意的决定。朱砂永远都不会像莉莉那样奔跑，永远没可能追上任何一只猎物。世界上有一种叫作“动物园”的东西，对于朱砂来说，或者是个好去处，至少在那里，她可以活下来。对于离散，莉莉早已习惯。她知道那是所有人跟所有人之间必然的结局。只是，当朱砂的大眼睛深深地、清澈地、毫无保留地看着她的时候，她会突然没命地舔着她小小的脸庞、耳朵，还有小屁股。她说："宝贝，你长大以后会是一个漂亮的姑娘。"巴特在一边静悄悄地看着她们俩，那种温柔的眼光让莉莉有一种沐浴其中的温暖。有好几次，她都有种错觉，以为那是天上的阿朗的眼睛。她蓦然回首，然后不好意思地对朱砂说："宝贝，是妈妈搞错了。那不是爸爸，是舅舅呀。"

她的脸上依然有种少女时代的娇羞。可是巴特老了，莉莉有的时候会突然间在他的眼神里、表情里看出一种衰老。他早已不再是那个英姿飒爽的美少年。但是，猎人看上去并没有改变很多呀。为什么只有巴特变样子了呢？莉莉不知道，那是因为对于猎人和巴特来说，时间这个东西流逝的方式是不一样的。巴特就在这不一样的时间里从莉莉的小哥哥变成了一个宽厚的长者。但是猎人似乎早已不关心这人世间的变迁，他现在总是开心得像一个孩子，喜欢把朱砂高高地举过头顶，然后大声地爽朗地说："怎么办？莉莉，我现在喜欢朱砂超过喜欢你了。"莉莉跟巴特相视一笑，莉莉注意到了，她跟巴特的这点默契没有逃过婴舒的眼睛。在这样的时候，婴舒脸上总是浮起一种柔软的表情，那柔软让莉莉在不知不觉间就谅解了很多的事情。

如果不是因为天生的缺陷，朱砂会让所有原野上的飞禽走兽明白什么叫作风华绝代。她安静的时候很像莉莉，但是要比莉莉妩媚，像一片慢慢地飘进静止的湖水里的红得醉人的枫叶。她不肯安静下来的时候，尤其是当她把小小的脑袋任性地一扭，那神情活脱脱又是一个阿朗。额头上那粒画龙点睛的朱砂痣不由分说地戳到你的心里去。城里来的动物学家第一次看到朱砂的时候，静静地沉默了足足十秒钟，眼睛闪闪发亮，然后，似乎是有一点儿慌乱地俯下身子，拍拍莉莉的脑袋："莉莉，你生了一个这么美的女儿，真了不起。"

婴舒微笑着把朱砂放到地上，朱砂立刻蹦跳着到了动物学家的面前，仰着她向日葵一样灿烂的小脸，娇嫩地给了动物学家一个毫无保留的笑。她是个虚荣的小家伙，莉莉愉快地想，她知道这个人刚刚在夸她漂亮。突然间，笑容凝固在了莉莉的脸上，莉莉望着动物学家强劲有力的手和衬衫领口没有系上的纽扣，如梦初醒：他是一个男人，一个年轻的、好看的、强壮的男人，一个就像当年的猎人一样的男人。

朱砂从小就知道自己是要到城里的动物园去的，她对这个未来充满了期待。"妈妈，巴特舅舅告诉我说，城里到了晚上有好多好多彩色的灯，比白天的样子还好看。"她跳跃的样子像一只小梅花鹿，歪一歪脑袋，无限神往："妈妈，婴舒告诉我说，在动物园里，我一个人睡一间屋子，他们还有皮球给我玩。皮球是彩色的，比镇上的小孩子们玩的那种好看多啦。”莉莉忧伤地看着朱砂，莉莉不知道该不该告诉她那根本不是什么值得去的地方，该不该告诉她最适合狮子的地方永远是并且只能是这片原野。最让她担心的一件事情是，朱砂对陌生的东西永远充满着天真跟热情的好奇心，这根本就是人类的秉性，而不是狮子的。莉莉犹豫了很多天，很多天，最终还是什么都没有对朱砂说。无论如何，莉莉愿意看见朱砂快乐。

动物学家开始频繁地出入他们的小木屋，他说他要从哺乳期开始记录朱砂的成长。“朱砂的品种很罕见。”他耐心地对猎人跟婴舒解释着，“要是我的判断没错的话，朱砂的父亲是一只白狮，白狮是我们原来以为1865年就已经在西非绝种的狮子。是在二十年前，才有人认为在我们这片原野上有白狮出没的痕迹的。众说纷纭啊——”动物学家像个大男孩那样伸着懒腰，“有人说是，有人说不是。我大学里的老师，跟踪了它们整整十五年。”

“白狮？”猎人问，“打了这么多年的猎，我还是头一次听说。难不成，是纯白的？可是我见过一次朱砂的爸爸，那时候我眼睛还好——他并不是白色的啊。”

“也未必，只是毛色比较浅而已。其实，我们也都是根据记载来判断的，你知道，十九世纪的相片还是很少的。”

“那你认为他们到底是不是白狮呢？”婴舒问。

“当然是。”动物学家笑着弯下身子，拍着莉莉的脑袋：“莉莉，要是你会说话就好了，我真想知道你是从哪里钓到一头白狮的呀。”

“我早就说过，”猎人静静地微笑，“我们的莉莉是个了不起的姑娘。”

朱砂就在这个时候蹭了过来，撒娇地舔着动物学家的手掌。动物学家专注地看着朱砂，无限感慨：“要是我的老师还活着的话，看到朱砂，老头子一定会高兴得跳起来的。”他的眼睛似乎是潮湿了一下，用柔情似水的眼光缠绵着朱砂额头上的胎记。动物学家给这个小木屋带来意想不到的欢欣，因为他就连感伤跟缅怀的时候都是生机勃勃的。

“那些白狮，他们现在到哪里去了？”猎人抽着烟斗，在正午的阳光下慵懒地闭上眼睛。

“就是因为当初有人认为是白狮，可是有人反对，保护区一直都没有建立起来。大概是前年吧，因为一场从野牛身上传过来的瘟疫，绝大多数都死了。别说是白狮，现在在这片原野上，狮子几乎是没有了。”他谈起狮子的时候就像谈起他的情人一样，言语间充满着疯疯癫癫但是百分之百的爱意。

阿朗，如果他说的是真的，你的那些敌人，他们全都死了，你不用再去打败他们了。所以阿朗，在你活着的时候，你已经成了君王。你是君王，我是王后，尽管我们都没有臣民了，尽管我们统治着的只是一片空旷的荒芜。可是，你做到你想要做到的事情了啊。

那天夜里，朱砂羞答答地对莉莉说：“妈妈，要是去了城里，我就能天天都跟他在一起了，对不对？”

莉莉的表情变得前所未有的严峻：“绝对不可以，朱砂，我不准你有这个念头。”

“妈妈。”朱砂倔强地把脖子一梗，“我最讨厌你说不准这个不准那个！”

“朱砂，他是人。”

“那又怎么样呢妈妈？”朱砂才这么小，但她已经笑得媚态横生，“你没看到他看我的眼神吗？”

莉莉当然看到了动物学家的眼神。那种迷醉跟阿朗谈起王位的时候异曲同工。朱砂，那与你无关，那只是为了征服。但是莉莉不能这样跟朱砂讲，她只能叹一口气，说：“朱砂，我们是狮子。我们只能嫁给狮子。”

“可是妈妈，”朱砂习惯性地歪着头，“这片原野上已经没有狮子了呀。你要我怎么办？”她带着一脸胜利的表情，欣赏着莉莉无言以对的样子。

动物学家的吉普车是在天色微明的时候抵达的。莉莉在睡梦中被屋外传来的铁笼子的声音惊醒。朱砂安然地睡在巴特的身边，全然没有听到叮叮当当的金属撞击的声音，那声音是带着血腥气的风铃。莉莉静悄悄地走到门外，清晨的原野总是冷，冷到有点悲戚。太阳还没出来，呼吸间全是些幼嫩得就像朱砂的小脸蛋的空气。年轻的动物学家有些不自然地微笑：“嘿，莉莉。”他走上来，抚摩莉莉的脑袋：“放心好了莉莉，我们会好好地照顾朱砂。”一声细细的门响，婴舒轻轻地走到他们跟前，动物学家就在这个时候直起身子，迟疑但是用力地握住了婴舒的手。

“莉莉，”婴舒的声音听上去跟平时不大一样，“我要跟他走。”

莉莉安静地注视着眼前这一对即将私奔的男女。在莉莉面前，他们就像两个闯了祸的孩子一样不知所措。婴舒的手摩挲着莉莉柔软的脖颈：“莉莉，莉莉，对不起！”眼泪沿着她的脸颊静静地滑下来，掉进泥土里面了。婴舒说：“莉莉，你不明白。”

不明白的是你。莉莉仰起头望着她的脸，漆黑的眼睛就像没有波浪声的海面。她望着这个夺走了阿朗，夺走了猎人，又帮着别人夺走她的女儿的女人。你把我所有最珍贵的东西都夺走了，但是你丝毫不珍惜。莉莉并没有怨恨她。粉红色的她在半空中飞翔，像一片带着露珠的花瓣。她是一只蝴蝶，生来就是为了让别人眼花缭乱的。

“莉莉，”婴舒的脸朝着屋内的方向，“我把他交给你了。”

朱砂是在这个时候跑出来的，欢天喜地地钻到了小笼子里。“妈妈，要坐很久很久的车，对不对？”

“朱砂，你要乖。”莉莉用力地、没头没脑地舔着朱砂的脑袋、耳朵，还有额头上那颗小小的朱砂痣。一不小心，舌尖就触到了冰凉的铁栏杆上，那么冷，冷得都有一点儿火烧火燎的疼。于是莉莉开始用力地舔那些铁栏杆，从上到下地舔，逐个逐个地舔。这样那些铁栏杆就不会那么冷了，这样朱砂就算不小心碰到它们也不会觉得难受。

“朱砂，小公主。”动物学家拎起笼子，把它放到吉普车的后座上。“我们要出发了。”

“妈妈不去吗？”朱砂仰起小脸，但是吉普车的门已经“轰”地关上了。

太阳出来了。莉莉看着阳光洒满了原野，吉普车绝尘而去。但是她没有看到朱砂在后座上一下一下地跳起来，却一次又一次地撞到了笼子上面：“妈妈——妈妈我要下去——我不去城里了——妈妈我要回家……”

阿朗，你得保佑朱砂，这孩子她就和你一样，认起真来是不要命的啊。

在这个清澈的、阳光普照的早晨，小木屋又回到了原来的样子，只有莉莉、巴特和猎人。就好像别人都没有出现过，就好像所有的离散都只是一场很长的梦。鸟雀们都醒来了，莉莉听见了它们唱歌的声音。莉莉轻轻地、优雅地跨进了家门，巴特还在沉睡着，猎人端坐在橡木床上，腰板挺得笔直，他说："莉莉。"

莉莉走上去，猎人的手颤抖着揉搓着她满身的皮毛。莉莉舔着他的手心，舌尖上还带着铁笼子的寒气。猎人慢慢地说："让他们都走吧，莉莉。就剩下我们三个了，其实这个家里本来就只有我们三个。莉莉，你说对不对？"

莉莉在猎人的手心里轻轻闭上了眼睛。她觉得冷，她听见自己的身体里传来一种很深很深的回响。她知道，那是峡谷的声音，从来没有一个时候，莉莉如此地渴望那个峡谷。她想站在峡谷的边缘上听听水流暴虐的声响，然后，轻盈地纵身一跃。就像阿朗那样跟粉身碎骨曼妙地擦肩而过，死亡的深渊里就会留下莉莉蜻蜓点水的、美丽的痕迹。阿朗说："每一只狮子的一生里，一定要跳一次峡谷。哪怕送命也得跳一次，这是我们身为狮子必须要做的事情。"那个时候我怯生生地站在峡谷的旁边，看着他跳过去，有若神助。跟那个时候相比，我已经不再年轻，我的身体里已经有了那么多时间的痕迹，有欢乐的痕迹，有生育的痕迹，有杀戮的痕迹。我早已经千疮百孔，满目疮痍，可是我的身体里却充满着前所未有的丰盈的渴望。我知道它会跟我的血液一起，一点点地涨满，满到就要溢出来的时候，我就会，纵身一跃。

"莉莉，"猎人搂着她的脖颈，"请你原谅我。是我杀了朱砂的爸爸。我开枪的时候知道他是谁，因为，因为当你从观众席上跳起来的时候，我就知道他是谁。”他疼痛地亲吻着莉莉的小耳朵，“原谅我，莉莉，原谅我。你知道的，只有对你，我才敢提这样的要求。”

莉莉当然知道，他对她，永远有恃无恐。他可以说“莉莉你不要再回来”，他可以说“莉莉是我杀了你妈妈”。他什么都可以说，因为，其实他清楚得很，无论他说什么、做什么，他都不会失去莉莉。

莉莉知道自己不会再回原野上去了。她所有的，仅剩的亲人就在这间小木屋里。她不走，她哪里也不会去。莉莉知道，作为一只狮子，她其实已经完成了她此生的使命。她已经跳过了峡谷，只不过她是在马戏团的观众席里跳的。就是那唯一的一次忘情，给她的女儿留下了永远的缺陷。那就是代价吧。或者说，生命本来就不是一样可以忘情的东西，所以峡谷里的狮子们才把那种纵身一跃看成一生的意义跟尊严所在。生命不是为了放纵而是为了承担，为了一种日复一日没有止境不能讨价还价的承担。阿朗不懂得这个，婴舒也不懂得这个，但是莉莉懂得。

他是她的父亲，她的情人，她的仇敌，她的负累，她的命运。她的生命是因为他才得以延续，她生命中所有的苦难都因他而起。可是他给她的那么多的爱又在她的体内懵懵地积蓄起一种强大的力量来抵御所有的苦难。

他慢慢地站起身，对她说：“莉莉，去把巴特叫醒吧，我们一起去散步。我看不见，可是我能感觉得出来，外面的阳光好得要命。”

巴特依然沉睡着，睡相酣畅得很，只不过已经没有了呼吸声。猎人对此浑然不觉，但是莉莉明白发生了什么事情。巴特老了，就是这么简单。当你经历过很多的离散之后，你就能很轻易地在空气中嗅出永诀的味道。莉莉走到巴特跟前，无限爱怜地，把前爪搭在了她的老朋友尚且温暖的脊背上。

光 辉 岁 月

这篇小说是个生日礼物，写给我的朋友宾妮。

“钟声响起归家的讯号，在他生命里，仿佛带点唏嘘。”——《光辉岁月》Beyond （词曲：黄家驹）

谷棋最喜欢龙城的秋天，准确地说，是龙城的九月份。窗帘是灰蓝色的，清晨七点半的阳光把那颜色调得明快了些。谷棋很想用力地把窗帘拉开，让天空猝不及防地进屋来，不过还是算了，突然降临的光线会惊扰到志强，这男人会在半睡半醒间嫌恶地拉过被子挡在面前，嘟哝一句。她静悄悄地爬起来，没有一点儿声响，像空气那样流畅地走到了客厅。幸亏，昨夜入睡之前忘记关上房间的门——所以不必在那“吱呀”一声响动之后不安地回头往床上看一眼了。她知道，跟阳光比起来，声音是没那么容易惊醒他的，但她总是不放心。一天里，其实也只有这么一小会儿，他睡着，她完全清醒，这种清醒给她一点儿隐约的骄傲。

冰箱里面的光芒也是骄傲的，身为光，能做到像它们那样，自律地把自己框成一个规整的并且带棱角的形状，实属不易。谷棋不知道，她每次打开冰箱的时候，眼睛里都是带着笑。她把牛奶的盒子拿出来，那种恰到好处的清冷让她愉快。“不是所有牛奶都叫特仑苏”——她喜欢这句话，她觉得够俏皮。微波炉的门开合的声音像个厚重的箱子，玻璃杯瞬间成了游乐场里的木马，跟着光芒，化腐朽为神奇地旋转。“叮当”一声风铃一般的敲击，游戏结束了。快乐吧？她也不知自己在问谁，不过突然间想了一下，是不是也应该有个小孩子了？想想而已，终归有点怕。

志强起来了，在浴室里吐痰。她把手盖在嘴上，强逼着自己缓缓打完一个突然找上门来的哈欠。谷棋允许自己把头发乱糟糟地绾在脑后，允许自己任由拖鞋在地板上划出漫不经心拖沓的声响，但是她不允许自己肆无忌惮地撕扯自己的脸，面目狰狞地打哈欠。怎么都不允许。就在此时，冲进耳朵里来的，还有一阵惊天动地的水声砸在池子里，她不明白，只是刷个牙而已，但他总能搞得像是呕吐。

“老婆，我去店里了。”他说。

“好。路上当心。”谷棋微笑着点头。应该是微笑过了的，那是她条件反射的习惯。

“帮我看看，我手机在不在洗衣机上面。”他弯下腰系鞋带，“不用了，我找到了。”

“对了，”她装作是刚刚想起来的样子，“明天晚上姑姑过生日，请全家人吃饭，店里要是没什么事，就一起来吧，我下班就直接过去饭店了。”

他的眉头微微皱了一下，她看得出，然后她认为自己还是成功地做出了没看出的样子。他打开门的时候说了句:“去，应该不会有什么事的。”

她轻轻舒了一口气，倒是没有到如释重负那么夸张，只不过，确实算是了结了一件事。她知道志强不喜欢自己的姑姑，她更不喜欢，唯一不同的是，志强是在娶了她之后才需要忍受姑姑，可她从有记忆起就在忍受了。所以志强是幸运的，忍受一个陌生人比忍受一个亲人容易很多倍。

她是因着姑姑的关系，才进了现在的银行。志强开店的时候，启动的本钱是和姑姑借的。那时候她的父母不大愿意她和志强在一起，无非是因为志强的薪水低。姑姑在一个和了牌、心情非常好的雨夜，风风火火地来到她们家，对她的父母拍着胸脯说：“不就是钱吗？何苦这样为难孩子们。我看志强不错，踏实，人老实，又有吃饭的手艺，不是那种不知轻重糟蹋好日子的主儿——我就愿意出钱给他开店，就当是为了咱们琪琪，你们还有什么不满意的吗？”她在一边默不作声地看着面面相觑的父母，怕是有生以来第一回，从心里觉得姑姑是真正的亲人。刚刚升起来的柔软是被父亲扑灭的。父亲眼睛里全是躲躲闪闪，近乎献媚地羞涩，却依旧像她童年时那般严厉地命令她：“你还不知道谢谢姑姑吗？”

于是，姑姑又一次地成了“真理”的代言人，一如既往。婚礼上，姑姑坐在她父母二人中间，理所当然地仰起脸：“志强，你要是对琪琪不好，我找你算账。”说完，自己率先笑了。志强只好跟着笑，笑不下去了，郑重地说：“我敬姑姑，我和琪琪永远都谢谢姑姑。”然后一饮而尽。她在一边看着，一边深切地发现，她眷恋志强。命运把这个男人推到她身边，陪她一起忍受种种没法说清楚讲明白的尴尬和屈辱，那一瞬间她恍惚觉得，自己已经理解了人生的大半意义，只因为她心里涨满了从苍凉里生出来的爱。那种爱的生命力是强大的。

不过在外人眼里，她只是面带着淡淡的微笑，和志强一起喝干了手中的杯子。喉咙一阵辛辣的灼烧搅得她像婴儿那般，短促地闭上眼睛，在睫毛和睫毛碰触的瞬间，那蠢蠢欲动的黑暗里，她听见周围的人此起彼伏地叫她“琪琪”。此起彼伏，像是某种鸟类，她知道他们叫的是那个王字旁的“琪”，也就是说，是那个他们熟悉的“谷琪”，而不是“谷棋”。他们似乎从来就没有承认过“谷棋”的存在。

“谷琪”是父母取的名字。“谷棋”是她十几岁的时候自己改的。那时正好赶上需要办身份证的年龄，她和父母顽强地抗争了一周，他们终于把她有效证件上的名字换成了“谷棋”。母亲总是抱怨：“那么怪，谁会拿那个字做人的名字？”想起当时的执着，她自己也觉得好笑。

十五岁半的小女孩，坚定地认为“琪”这个字一望而知就是属于那些穿梭于她日常生活里，热闹聒噪的女孩子们；可是“围棋”的“棋”是高尚的，黑白两色，静默不语，听说还代表着一种她不能理解的智慧。更重要的是，那智慧很典雅。所以她相信，“谷琪”变成了“谷棋”之后，人生必将跟着改变。

三个星期前，她遇见陈浩南。起初她没在意他究竟长什么样子。她只是接过他的身份证，然后习惯性地注视着面前的表格，在“中国银行境内居民因私购汇单”这个千篇一律的开场白下面，看见了三个工整的字“陈浩南”。她想她应该是盯着这个名字迟疑了一下，搞不好还不由自主地笑了，接着她听见了他的声音“我原本叫陈浩。后来上中学的时候，看了《古惑仔》，就自己改成了陈浩南。”

不过是个无聊并且话痨的客户而已。但是，她还是抬起头，看了一下他的眼睛。

那天下班的时候，她独自站在公交车站。傍晚，龙城不像一些更大的城市那么喧嚣和焦躁。黄昏宁静地站在她身后，陪她一起等待着那辆遥远的公交车。她突然想到了她终于成为“谷棋”的那天，她填好了“谷棋”的中考报名表，放学回家的路上，也遇见了这样的黄昏。十几年过去了，黄昏都没苍老，十五岁的崭新的谷棋走过了她从小长大的街道。冷饮店的老板娘懒洋洋地靠在自家冰柜上，一只拖鞋在台阶下面翻转了过来，她用肥硕的右脚搔着左腿的小腿肚；卖水果的小贩把三轮车支在一摊脏水上面，那摊脏水还在若无其事地继续漫延着；远处，煎饼店的香味来势汹汹，不客气地笼罩在脏水的气息上面，这样的黄昏是苍蝇们的狂欢节。一切都没有改变。可是，谷棋依旧笃定地相信着，一切，终究会和以往不同的。

她低下头去，发短信给志强，问他晚上想吃什么。在心里，暗暗地对那个十五岁的自己忧伤地笑笑。她后来才发现，遇见陈浩南那天开始，她变得喜欢回忆过去了。

“我到底要填中文还是填英文？”这个问题谷棋每天都要回答无数次。

“都要填的。您的姓名这里，这边写中文，这边写英文——其实就是拼音了。”谷棋今天心情不错，因此语调格外温和。

“可是收款人那边的地址是新西兰，本来就全是英文，又没有中文。”

“啊，收款人那边的地址您只写英文的就行了，只是您这边的姓名和地址必须要中英文都写上。”

“真是不公平。”客户一边填，一边表达着愤怒，“凭什么他们老外就只要写他们自己的话就可以，我们中国人就还得去学他们的话。”

谷棋微微一笑，客户得到了鼓励：“小姐，你说我说得有没有道理？”她仍是微微一笑，不点头，也不摇头。她有经验，要是她这个时候开口和他勉为其难地聊下去，说不定接下来——果然，这个民族自尊心刚刚受挫的客户突然问道：“小姐您怎么称呼？”然后看一眼她胸前的名牌，“哦，谷小姐。”这时候两个结伴去吃午饭的同事回来了，正好替换她。谷棋站起身离开的时候，没看到身后那两个刚刚大学毕业的女孩子交换了一个略带着笑意的眼神。那眼神的质地，属于所有的“谷琪”们。她们不明白，为什么一个不如她们年轻，没有她们时髦，并且一看就是个主妇的谷棋，却总是遇到这样热心搭讪的男客户。谷棋自己觉得，可能是因为她总是微笑，不大会给人甩冷脸的缘故。至于那些旁人嘴里难听的“缘故”，不听也罢，猜都猜得到。她不在乎。她来这里工作快要五年了，因为学历低，一直没机会升职，每年她会做两个新来的大学生的“师父”，带着他们在银库里点钞票直到手指发黑，然后看着他们在第二年变成和自己同级的同事，或者是更高一级的客户经理。

不过她永远出现在营业大厅里，很多来换外汇的客户都记得她，他们中有一些人，即使搬了家，也还是宁愿走些远路来她这里，填单，把美金、欧元、澳币等寄给在远方读书的孩子们。她是个让很多人觉得安心的存在，她自己也知道这个。五年下来，倒是也有些客户再也不出现了，因为他们的孩子毕业了。每张购汇单上都有故事，可是所有购汇单上的故事都大同小异。私人购汇里面，半数以上都与一个漂洋过海的野孩子以及他们在家乡的痴心父母有关；企业购汇就更是无聊，来来去去就是那点连“情节”都谈不上的程序。

所以她无限怀念她曾经的工作，那个时候，从早到晚，自己都以一种非常完美的姿态参与各式各样的故事。她从未像那几年一样，觉得人生是件值得为之兴奋的事情。

她在那间附近几家银行职员经常出没的快餐店里，看见了陈浩南。起初，她只是略微惊讶地往他的方向看了一眼，因为她没料到自己还能如此准确地认出一个一周之前的客户，并且毫无障碍地想起他的名字来。他也看到了她，眼睛一亮：“你是……银行的小姐。”接着他非常自然地拿起面前橘黄色的餐盘，光明磊落地离开自己的位子，坐到了她的对面。她愣了一下，顿时觉得自己也应该光明磊落一些，绽开一个普普通通的笑容，没必要在乎店里是不是坐着一些正在往他们这边看的同事。

他实在是个长相普通的男人，后来，很后来，谷棋突然发现，自己其实不大记得起他的样子。

“谷小姐，你名字取得真好。你父母一定挺有文化的。”她当然知道，他这么说，其实是等着她允许他直呼她的名字。

“叫我谷棋就行了。”她从手边油腻腻的餐巾纸盒里抽出来一张，犹豫了一下，放在了对面，他的餐盘里面。像是逃避他那句直视着她眼睛的“谢谢”，又轻巧地给自己抽了另一张，“你不是龙城人吧？听你口音不大像。”

他来自一个邻近的北方省份，他家乡的小城的名字是谷棋从未听说过的。

“不过我是在龙城上的大学。”看着她难以置信的表情，他说，“真的，龙城重型机械学院很有名啊，当年我差点就考不上了。还是当学生的时候好，你说对不对？那时候赶上暑假，兜里揣着两百块钱也敢去峨眉山，现在倒是全中国都跑遍了，那么多城市，只去过酒店、机场、火车站，然后就是工厂的车间，机器出故障的时候才不管你是不是在放假。”

“我没念过大学。”她趁他端起杯子喝茶的时候，淡淡地说，“我中专毕业了以后，就一直在工作了，快十二年了呢。”

“看不出——”他有些惊愕，“你看上去，就像大学刚毕业没多久。”

“可是不管怎么说，”她没理会，“你也走了好多地方。我哪里都没去过。”

“工作性质不一样啊，银行毕竟安稳些，多适合你们女人。”

“我之前并没有在银行。”她放下了筷子，似乎说出这句话，需要下一点决心，“我过去是寻呼小姐，做了很多年。”

这是第一次，她和一个初次聊天的陌生人提起这个。

他坐在她对面，看着她在午后明晃晃的阳光下面对他微笑。北方九月的阳光就是这样愣头愣脑的。不知为何，这个女人的笑容明明是轻描淡写，可是似乎能感觉到，她笑的时候，胸口那里用了很重的力量。她当然不像是一个大学刚毕业没多久的女孩子，他撒谎。肯定是她坐的位置导致的，不然就是她和窗口形成的角度——她不美丽，不娇嫩，仔细看左脸颊上还有一小片依稀的色斑，但她脸庞周围，尤其是鼻尖那里似乎有种微妙的晶莹，好像她正呼吸着的不是空气，而是光。

那是 1998 年，龙城人大都不太知道电脑。或者说，谷棋生活里的人都不大知道。她第一次踩到机房暗红色的地毯，模糊地想起的居然是表姐的婚礼。一排又一排的电脑屏幕上，闪烁着绿色的字迹，站在门口那个位置死死地盯住看，若是眼睛花了，恍惚觉得一排排的屏幕连成了一片，绿色的字样此起彼伏的，觉得自己来到了暗夜的湖泊。那些女孩子们嬉笑着，熟稔地从每个人的机位前面站起来，穿梭着，再坐下，不小心眼光瞟到门口的她身上，顿时就不苟言笑了起来。她们都穿着深蓝色的套装，现在想来是拙劣的面料，但是当时，还没满十八岁的谷棋恨不得倒退三步，把自己藏起来。

坦白地讲，后来，她也总是在实习生到来的第一天，故意让她们看到自己不苟言笑的表情。是炫耀吧，有一点儿，但是更重要的，她想要她们看见时间的痕迹，想要她们羞涩的眼睛见识一点儿与仪式有关的东西。就是要让菜鸟懂得，在机房里，即使是说笑，也是有仪式的。

她们的声音被训练成一种千篇一律的婉转，可是她喜欢。“您好，183 号为您服务，请您讲话。”她也清楚那可能有点做作，但是她觉得这样说话的自己很美。有一回，她碰到了父亲想要呼他的一个老同学，她忍着笑，听完了父亲的留言，直到“谢谢，再见”，父亲都没听出来那是她。晚餐桌上她告诉了父亲，父亲惊呼道：“他们干吗要让人捏着嗓子，像只鸟那样讲话，阴阳怪气的！”她只是笑。她觉得她终于做到了一件事情：就是让自己看上去不再像自己。寻呼台的 183 号小姐，比“谷棋”“谷琪”或“琪琪”都更美好。

往往，值完夜班的清晨，她拖着一身的倦意和黎明的灰白色一起走在回家的路上，然后在路的尽头撞上一点儿朝霞的红。所以她有个顽固的印象：黎明就是漫无目的并且漫不经心的，日出才没有书里说的那么壮丽，而是一样懵懂的东西。她下意识地用力伸开十指，它们飞速地打了一夜的字。关节处微微的酸胀又让她隐约听见了那些雨点一般，令她自豪的键盘声。身后越来越远的，是她的寻呼台；眼前延伸着的，是马上就要热闹起来的早市，小贩们摊开新鲜的蔬菜，她下意识地躲开轻盈的和她擦肩而过的自行车，因为它们的轮子带起来地面上的污水会溅到她的制服西裤上。偶尔遇上早起去晨练的邻居，她打招呼的时候使用的是日常情况下倦怠的喉咙："阿姨又要去锻炼啊？""是呀，我刚下班。"可是脑子里下意识地跟着这几个汉字，回旋着183号小姐甜美的声音。那样的瞬间里，她总是有点糊涂，眼前的，身后的——自己到底属于哪一个战场。

志强推醒她的时候，蒙眬之间她忘了自己几岁。因为她又梦见了寻呼台，她梦见了自己终于成为领班的那天——虽然只是小领班，还不是大领班，可是距离她怯生生地站在红地毯上的那天，已经过去了整整三年。这个升职，是用一次次成绩骄人的考核，还有三年来的全勤换来的。那时她刚刚和志强交往了两个月。志强眼睛里晕陶陶的，像是微醺，他说："琪琪，送你一个礼物。"那是一台当年新款的摩托罗拉手机。"很贵的吧？"她惊喜地看着他。"你就用它给我发短信，随时随地，只要你想我了。"她柔情蜜意地抱紧他，接吻的时候她突然想起了一件事：如果大家都用手机发短信了，那么还会有人用呼机吗？紧接着她就埋怨自己，为何要在这样好的时候想起这个。

为何要在这样好的时候想起这个？她拥紧了乱糟糟的被子，对自己无声地笑笑，我真的是个迟钝的人。

"你再不起来就来不及了。"志强的声音从外面传进来，

"你今天不是要去上课？"

"累死了，好不容易才盼到周末，不想去。"她懒洋洋的。

"随便你了，不是你自己说快要考试了吗？"她听见了志强按下打火机的声音。

她在修读成人教育的课程。总得弄一个高些的文凭来，不然总是升不了职，终归是不好的。她挣扎着爬起来，听见某处骨头不满的抗议声。

课间休息的时候，她从学校出来买午餐，然后，在校门口又看到了陈浩南。

"这么巧！"她自然知道那不可能是巧合。

"你上次吃午饭的时候说过，周末要上课。"他不穿西装的样子稍微好看些。

"那我并没有告诉你我在这里上课啊，你怎么……"她自己打住了。

"一起去吃饭？"他静静地询问她。

她突然明白了她为什么从一开始就能记住他，因为他的声音。他说话的声音很好听，关键是，音色很特别。往昔的日子里，她总是下意识地在成千上万的声音里辨别一个悦耳的嗓子，就像一个孜孜不倦的淘金者。原来这习惯已经转化成了本能，在不知不觉间延续着。

她几乎没吃什么，因为慌乱。有什么东西不同了，可是又有什么呢？一个对她感兴趣的客户而已，和所有那些搭讪问她叫什么，或者悄悄把一张名片推给她的客户有什么区别。就算是她答应了他的邀请——不过是一起吃个饭，她又不打算知道他究竟在什么地方工作，不打算知道他终究要到哪里去，甚至不打算和他交换电话号码。有那么一瞬间她犹豫着要不要给志强打个电话，说点无关紧要的事情，打给他看——可是，会不会太没出息了，倒显得自己太当回事，太上不得台面。而且，这种时候想起志强做什么，大惊小怪的，好像真的要做什么坏事。她长久地凝望着手机屏幕上“志强”两个字的时候，突然意识到了他正坐在对面欣赏着她的犹豫。这可不是什么好兆头。

她意兴索然地叹了口气：“时间差不多了，我还得回去上课。你慢慢吃，我去买单了。”

他说：“怎么能让女士买单？要是你着急就先走，剩下的交给我就好了。”

她松了一口气，无论如何，他算是个识趣的人。这个时候她听见了一阵音乐声，听旋律就是很老的那种，似曾相识的感觉紧紧地抓住了她，她应该知道那是什么歌，她一定知道，她必须知道，她闻得出那里面属于少年时代的气味，带着一种尘土般“沙沙”作响的杂音。在她终于想起那是什么曲子的时候，唱歌人的声音也来了，不早不晚，正好和上她脑海里那倏忽闪亮的一点灵光。

“今天只有残留的躯壳，迎接光辉岁月，风雨中抱紧自由。一生经过彷徨的挣扎，自信可改变未来，问谁又能做到。”

他在所有的衣兜里摸着，终于掏出了手机，那是他的铃声。他接起电话的时候她甚至有点遗憾，她想再听听黄家驹的声音，那个年代的香港歌里，总有一种说不清的悠扬。那悠扬必须由旋律、古老的配器混音以及一个真正懂得什么叫“缠绵”的人，三者完美地契合在一起，才能形成。他三言两语就把电话挂了，然后，他发现她还在那里静静地坐着。

“你也喜欢Beyond？”她微笑着问。

他用力地点头：“《光辉岁月》，再没有比这个更够味的歌了。”

“那不是。”她严肃认真地摇头，“我其实就更喜欢陈百强。《今宵多珍重》那首歌，多少人唱过了，我还是最爱听陈百强那个版本。以前我在寻呼台的时候遇上一个人，想要发两句这首歌的歌词给他女朋友，也许是情人。他说：‘小姐你听好了，我说得慢点，你一个字都别打错。’然后他特别紧张地慢慢说：‘放下愁绪，今宵请你多珍重。’——就这么一句话还念得磕磕绊绊的，我实在受不了了，就跟他说：‘先生你接下来是不是想说“哪日重见，只恐相见亦匆匆”。’他惊讶死了你知道吗？”她没料到，自己直到今天仍然记得“今宵请你多珍重”之后是“只恐相见亦匆匆”。

“你那个时候也爱听粤语歌？”他盯着她，那神情简直不像是在闲聊。

“对啊，也不知道为什么，虽然听不懂，也觉得好听。我喜欢的是那些 20 世纪 80 年代的歌星，Beyond、陈百强、张国荣……”

“梅艳芳、谭咏麟。”他微笑着接着罗列。

“还有达明一派！”她简直要欢呼出来了。

“20 世纪 80 年代的粤语歌……一直到 20 世纪 90 年代初吧，真的美。”他也兴奋了起来，“后来的那些怎么比啊，什么‘四大天王’，都是垃圾。”

“不能那么说啊，张学友还是可以的。”她又一次认真地提出了反对意见，“说是 20 世纪 80 年代，那是在香港，可是等我们听到的时候，不还是晚了好多年。我记得我去一盒一盒地攒他们的磁带的时候，也上初中了。”

“我都没钱买磁带。”他眉飞色舞，“我是跟着电台里面的节目，一首一首地用家里的空白磁带录下来，有一次我不小心把我哥哥的英语磁带洗掉了，还挨了我爸一顿揍。”

“那时候我爸也成天骂我，他说干吗不好好听人话，要成天听这些个鸟语。”她愉悦地长叹一声，“你说，为什么呢？我们那时候为什么那么喜欢听粤语歌？或者说，为什么对粤语那么好奇呢？我就是觉得，那种语言唱起歌来，似乎是……叮叮咚咚的，特别脆。”

“是因为我们自卑。”他对过来收走他们餐盘的服务生真诚地笑笑，“外国和外国人对我们来说太远了，香港就不同，香港人也都是中国人，可是是一群活得比我们好太多的中国人。所以我们羡慕。”

“可能吧。”谷棋托着腮非常认真地想了想，“不过也不全是因为这个，能让我们从心里爱的东西，怎么可能全是因为羡慕？”然后她也跟着他笑了，“唉，十几岁那时候，我们真是土啊！”

“我第一次听 Beyond 的歌，就是《光辉岁月》，我刚刚上高中，1993 年年底，我简直不知道该怎么喜欢黄家驹才好了。虽然我并不很懂那首歌在唱什么，我不知道那是写给曼德拉的。那时候没有娱乐新闻这回事，尤其是在我们那种小地方。我直到 1994 年的夏天，偶然听广播的时候，才知道黄家驹死了，他在我开始喜欢他的歌之前就已经死了。那天我没事找事地跟我哥哥打了一架，然后跑到外面去，跑去我们学校的操场——放暑假了，一个人都没有，我就在那里，一边听着蝉叫，一边大哭。”他笑了，“你信吗？”

“信。”她不知不觉间，看进了他的眼睛里。

“你好像是真的来不及了，人家早就开始上课了。”

“是，我来不及了。我知道的。”

那时候她就像一个钢琴手那样，害怕手指受伤。因为只要指尖上有一个小小的创口，一天下来，都是酷刑。她的打字速度，在整个台里也是出类拔萃的。很多时候她看着自己的手，渐渐地意识有些涣散，觉得那双手不再属于自己，她就像一个观众，注视着屏幕上花样滑冰运动员的后外点冰三周跳那样凝视着它们。有的时候她觉得自己的双手马上就要毫无痛苦地飞离自己的身体，在空气中旋转成两朵白色的花。

“现在请您留言。”这句唱歌一般的话像是发令枪，她的手指们蜻蜓点水地伏在键盘上，等着出击。比如：“下班回家买点酱豆腐。”还比如：“我要加班，今天你去我妈那里接贝贝。”这个时候她会想，贝贝应该是他们的孩子，可是，万一是条狗呢，也不是没有可能的——这便是她的乐趣所在。所以她最讨厌的就是这种留言“请速回电”，干净得令人反感。她的手指刚刚飞起来，就必须停下，似乎有种惯性让它们不安地匍匐在键盘上，蠢蠢欲动。何必呢，要是就为了说这句话，买汉显呼机做什么？这是数字机就可以做到的事情啊。

她到现在都记得，有一次，一个声音很好听的女人只留了四个字：“咫尺天涯。”她难以置信地问：“就这些？”那女人很有礼貌地说：“是的，就这些，谢谢你了小姐。”

她们台里的几个女孩和她们的大领班一起吃饭的时候讨论过，她们嬉笑着达成了一致的意见：“她一定是在偷情吧。”大领班从鼻子里哼了一声：“我最恨这些搞人家老公的贱女人，不要脸。” 一转眼，那些一人抱着一个饭盒嘻嘻哈哈的女孩子都各奔东西了，有的有了老公，有的在搞别人的老公。

她的手指们只能在她聊 QQ 的时候才能寻回一点儿昔日的记忆。她一个人静静地坐在屋里，背后的洗衣机单调地响着。正在跟她聊的是一个初中同学，遇上了感情的挫折，她在这边不遗余力地安慰她，大段大段地打着那些鼓舞人心或者温暖人心的句子。她承认，她可以不必说那么多，她只是突然之间，想要手指放肆地寻回一点儿昔日的记忆。这些年，它们太寂寞了。兴起之时，敲击键盘的声音就不再是一个一个的点，而是连成了一条美好曼妙的弧线。曾经，遇上很长的留言的时候，就是这样的。一对情侣吵了架，其中一人向另一人求和的留言往往长得令人发指——超过了规定字数他们会连着发好几条。可那是手指的“狂欢节”。她还记得其中有个一听声音就还在上高中的女孩子，怯生生地说：“最后一句话是：520 的意思是我爱你。”谷棋笑了，突然之间想逗逗她，于是她说：“明白了，520 就是您爱他，对吗？”“不对。”那女孩子急了，“是‘我爱你’，小姐你一定要照我说的原话打上‘我爱你’，不能打成这个号码的机主爱你，你明白吗？因为这个呼机是我的，可是我是在代替我的好朋友给她男朋友留言，她的呼机被她爸妈没收了！所以她男朋友知道这段时间她都借我的呼机和他说话。可是你如果把留言打成是这个号码的机主爱他，那就要出大事了，那个男生会以为是我在挖墙脚。小姐你知道这很严重吗……”她解释得乱七八糟，但是谷棋听明白了。

身后的洗衣机开始狂躁了起来，因为洗涤完毕，开始甩干了。脱水桶里急速的飓风声和她打字的声音相互呼应着，她依稀觉得那些汉字因着她的速度，和洗衣机里的那些衣服一起，被飞快地搅和得七零八落。她们受训的时候都是用五笔输入法——所以汉字在她心中经常会是一个支离破碎的状态，也不奇怪。洗衣机终于静了下来，她在对话框里留了一句：等一下，去晾衣服，就回来。然后站起身，走过去掀开了洗衣机的盖子。看着里面一堆衣服已经缠在了一起，孩子气地在心里问它们：甩干的时候，疼不疼？

回来的时候，QQ 上闪烁着一个新的头像。“虹姐——”她开心地自言自语了起来。手指因着兴奋，移动得益发快了。“虹姐好久没见了，你好吗？”她能够想象虹姐在电脑的那一头不紧不慢的样子，虹姐说：“棋棋丫头，下礼拜出来吃饭吧。”

虹姐就是她们的大领班。当年，虹姐第一个跟她说：“棋棋，你这么聪明的一个人，早点儿去学些什么，给自己往后做打算吧。”她有点疑惑地看着虹姐，身后依旧是众人忙碌的身影，和一直弥漫到天花板的键盘声。月末考核在即，所有的女孩子都忙着要多接几通电话，好凑够每个月6000通电话的定量，不然会被扣钱的。

“我看我们是做不长了。”虹姐背起背包，看似随意地说。

“怎么可能？裁了谁也轮不到你和我头上。”她愉快地听着自己的鞋子敲击在楼梯上的声音。

“笨蛋。”虹姐嘲弄地啐她，“你自己看看，现在有多少人在拿手机发短信。日子长了，谁还用得着我们？”

“可是手机比呼机贵那么多，怎么可能人人都去用手机呢？”她不服气。

“有什么不可能？用的人多了，手机自然就会便宜。”

“那也不可能没人再去用呼机。”她固执地坚持。

“算了，跟你说不通。”虹姐比她大五岁，不过对于那个年纪的女孩子来说，五岁的差别已经很大了。虹姐轻轻地舒了口气，“不过呢，这样也好。从龙城开始有人用呼机的那天起，我就入了行。都这么多年，也差不多了。”

她们已经来到了寻呼台大楼外面的人行道上。2001年的岁末，冬日的天空像每年一样，是种灰蓝色。一些给年轻人开的店铺已经挂上了圣诞花环或者是红袜子，谷棋知道，如果是父亲看见这景致，一定会对这荒谬的洋玩意儿表示鄙视。

“棋棋，我下个月辞职，还没跟任何人说，先告诉你。”虹姐转过了脸。

她看见他站在银行马路对面的书店门口。她犹豫了一下，悄悄回头看了看，下班的同事们三三两两地往外走，她犹豫不决的时候，却不期然地看见交通信号灯变成了一个无辜的、原地踏步的小绿人。

他拎着书店的袋子，里面装着两三本书。看着她带着一脸不动声色的羞赧，朝他走过来。她走得很慢，就好像一道又一道白色的斑马线是有阻力的。他对她笑笑，他说：“今天没什么事，就来逛书店了。刚才还在想，会不会又能碰到你。”

她几乎有点感激他。他已经有了她的电话号码，但是他依然用这种方式来见她。她也感激他撒了这个拙劣的谎。她清楚他并没有打算让她相信，他只不过是想消除一点儿她的负罪感。她说：“可是我今天跟人约了一起吃晚饭，就是虹姐。我跟你提过一次。”

“哦，我知道，不就是你们当年那个领班？”

“你这是什么记性啊……”她难以置信地赞叹着，“不然，你和我一起去算了。”紧接着她自己都吓了一跳，她觉得一定是脑子进了水才说出这种话来。

但是他安然地回答："好啊。"

她说不清为什么，她真的很想让他见见虹姐。她觉得，可能是因为，她迫切地想让他参与一下她此生最美好的时光，仅此而已。

她知道虹姐是个会掩饰的人，不动声色并不代表不惊讶。"这位是——"虹姐嗔怪地拍打了一下她的肩膀，"也不介绍一下。"

"陈浩南。"他大方地对虹姐伸出了右手。

"是个朋友。"她说，"刚才下班路上偶然碰上的，就一起来了。虹姐，你越来越漂亮了，头发是新做的颜色吗，真好看。"和虹姐见面的时候，她觉得她说话的语速在不自觉地加快，语调也随之变得轻盈了起来——其实就是变得更像当初的自己。

"是上个月染的。可是我倒是觉得，这个颜色只有在灯光下面才显得出，阳光底下不行的……"

"我看着好，人家不都说就是染完之后一两个月的色泽最自然……"她热心地伸出手指，轻轻抚弄了一下虹姐肩上散落的一绺碎发。她知道陈浩南在一边静静地听着女人的话题，她不知道该拿他怎么办。

"志强好吗？"虹姐看了陈浩南一眼，意味深长地问。

"当然好啦。"她笑了。接着她开始说了好几件志强生活里的趣事，虹姐配合着笑得非常开心。虽然她的确是想极力地对虹姐证明点什么，但是她的快乐也是真的由衷。他在一边看着她们，有的时候，也跟着她们静静地微笑，她自然是从来没有对他提起过志强，但是，此刻，他知道那是谁。

虽然气氛时有尴尬，但那实在是个愉快的晚上。他们每个人都恰到好处地喝了点儿酒，她和虹姐一起回忆了很多温暖的往事。微醺的时候，酒真的是样好东西，能让每个人都变得异常宽容。后来虹姐也十分友善地询问起陈浩南的工作来，陈浩南说不上健谈，但也不算不善言辞。于是他也开始轻松地讲起来他走南闯北，遇上过的一些匪夷所思的客户——大都是些没有基本常识的暴发户。

“你算是工程师，对不？”虹姐笑着问。看着他点头，虹姐又长叹了一口气，“还是这种工作好啊，不管怎样，哪里的人都需要机器的，尤其是你们做的那种开矿钻井用的机器就更神气了。哪像我们当初，一眨眼的工夫，就没人再用寻呼机。我们最好的年纪都交待在寻呼台里，结果呢——寻呼台关门那天，我还记得，大家吃散伙饭，台长祝酒的时候说：‘不管怎么说，我们失业不是因为我们做得不好，是科学进步了。’呵呵，去他娘的科学。”虹姐的眼神有些迷离。

“吃散伙饭那天，你才没来！”谷棋在旁边抗议道，“你都辞职好几年了好不好呀？真正坚持到最后的是我！”

“我怎么没来？”虹姐瞪大了眼睛，“我是辞职了，可是因为我是台里第一个寻呼小姐，所以散伙那天，台长专门打电话叫我过去的——那天我喝多了回家狂吐，我老公，不对，我前夫还跟我吵得乱七八糟的……”

“虹姐！”谷棋尖叫道，“你离婚了？”

“大惊小怪什么呀。”虹姐又啐她，“没见过世面。跟你说个好玩的事情，我去领离婚证的那天，正好碰到虾米去领结婚证，你说晦气不晦气——我说虾米，我们都多少年没见面了啊……”

“宋霞？”她开心地说。

“你还记得她吗？”

“当然啦——”她冲着陈浩南转过脸，“虾米是我们那里最倒霉的一个女孩，总是被投诉。人家留言说：‘我现在在书市。’她打成了‘我现在在舒适’，直接传到那人老婆的呼机上——‘舒适’当年是我们这里一个特别有名的洗桑拿的地方，除了洗桑拿，当然还能做别的，结果人家第二天来投诉她，脸上还带着指甲抓出来的血道子……”

“还有一回。”虹姐也兴奋地回忆着，“有个有精神病的老太太，一夜里呼了自己儿子二十次，留言内容都是儿媳妇给她下毒，要不就是儿媳妇要杀她……按照规定这种留言是不可以传的，结果她每条都传了。可是第二天，是谁来投诉虾米？就是那个老太太本人，她气势汹汹地说寻呼台的小姐陷害她，她完全没有打过那种传呼给她儿子，结果她儿子连夜从外地回家来和她儿媳妇吵架了，这都是寻呼台小姐的阴谋，搞不好这个寻呼小姐和她儿子有染，想借机破坏他的家庭……”

谷棋笑得弯下了腰，额头差点碰到桌面上：“这个我记得，‘有染’，这是那个老太太的原话，她是被害妄想狂你知道吗？”

“可是我忘不了，散伙饭那天，”虹姐缓慢地笑笑，“居然是虾米哭得最伤心。”虹姐的眼睛缓缓地移到了陈浩南身上，他正在注视着前仰后合的谷棋，甚至忘了对虹姐的注视报以一个礼节性的回望。

他们走出饭店，陈浩南走远了几步，去街口拦车。虹姐深深看着谷棋的脸，这个欢笑之后突然寂静下来的夜晚，让虹姐说话的声音有了点预言的味道。虹姐说：“棋棋，别毁了自己的好日子，我提醒你。”

“你说什么呀？”她有些不安。

“你知道我在说什么。”虹姐轻笑道，“志强是个好人。”

“喝多了吧！”她死死地盯了虹姐一眼。

“你自己当心，棋棋，你是那种会做傻事的人。”

“你也一样，要好好的。”她停顿了一下，“为什么离婚啊？”

“我不能生孩子。”虹姐温柔地笑笑，转身拉开了身后的车门。司机按下了荧荧的“空车”灯，它倒下去的一瞬间，像是渔火。

“我想走一走。”她对他说。酒意上来了一些，脸庞一阵燥热。她知道她此时和他说话的语气变得随便了些。

他说：“好。”

晚风很妙，她贪婪地、深深地呼吸，然后自顾自地说：“那时候虹姐就像我姐姐，她辞职的时候我大哭了一场。她比我有远见，那么早就看清楚了我们的寻呼台要完蛋了……”她认真地凝视了他两秒钟：“虹姐走了的第二年，我就升成了大领班，按理，不该那么快的。可是那时候，越来越多的人在用手机发短信了。我们那个大厅里面——从一百多个寻呼小姐，变成六十个，四十个，三十个——到寻呼台关门的时候，只有我们八个人了。就算是八个人，工作时间也接不了多少电话……突然就有了好多的时间，可以在上班的时候聊天。”

她突然任性地坐在了花坛边上。两只手用力地撑在身体的两边，那是一种孩子的姿态，一边支撑着自己，一边看月亮。

“陈浩南。”她叫他的名字的时候声音清脆得很，“你说，他们还记不记得我？”

“谁？”他问。

“一定是不记得了吧。”她嘲讽地对自己笑着，“那些当初没有手机，只能用寻呼机的人们。我当然……我的意思是说……会不会凑巧有个人，会记得我？当然我不是说所有的人。比方有一次，我碰上过一个妈妈，她女儿离家出走了，她一边哭，一边留言说要她赶紧回家。她隔几分钟就呼一遍，内容都是一样的，我就跟她说，阿姨这样吧，我每隔十五分钟帮您呼一次您的女儿，您就不用再这样打电话了。她跟我说了那么多声谢谢——你说，她有没有可能还记得那个寻呼小姐？”

万家灯火都在静默之中，她自己摇摇头：“一定是不记得了吧。那个说‘520 就是我爱你’的高中女孩子，也不记得我了吧。那你说，那个人，会不会记得，有个寻呼小姐，替他说出来了《今宵多珍重》的歌词呢？就连他，也不记得有那么一件事情了吗？肯定不记得了。可是我还记得他们，我还记得他们呀……”

她低下头，她在哭。

他掏出了自己的手机，默不作声地摆弄了一会儿，音乐声传出来的时候，她仰起了带着泪的脸。

“愁看残红乱舞，忆花底初度逢。难禁垂头泪涌，此际幸月朦胧。愁悴如何自控，悲哀都一样同。情意如能互通，相分不必相送……”陈百强在幽然地一唱三叹，反正他已经不在这个世界上。

“放下愁绪，今宵请你多珍重；哪日重见，只恐相见亦匆匆——”他终于把他的手按在了她的肩膀上，他说：“我把这个传给你，做你的手机铃声，好吗？”

她用力地点点头。

是从什么时候起，人们不再需要寻呼小姐了呢？只要你会拼音，你就会发短信。把你想说的话直接发给那个人，脏话、粗话、混账话，都不再有障碍，粗鄙、恶毒、下流，什么都 OK，就像是狂欢节那般百无禁忌。没有了那个甜美的女孩子的声音在一旁等候着，就像少了一双温柔宁静的旁观的眼睛——什么遮挡都可以不再有了。什么姿态都可以不再让人觉得难看、难堪、难为情了。多么好啊，相比之下，寻呼小姐是那么做作，她们的甜蜜和礼貌都是些令人作呕的东西。可是为什么呢？怎么可以呢？

她忘不了自己端坐在那个由玻璃隔出来的，四四方方的小格子里面。她过滤着各式各样的声音，它们沾满了生活里的尘埃和秽物。“您好，183 号为您服务，请您讲话——”在那个世界里，没有她从小长大的楼群里垃圾堆的气味，没有学校门口小摊上飞舞的苍蝇，没有邻居家伴随着“哗啦啦”的麻将声扔出门外的烧鸡的骨架，没有母亲挥舞着鸡毛掸子带着些许口臭的咒骂。那是她梦寐以求的人生。她只是想要这人生能够干净一点儿。她不知道这是不是自己那从小太过强烈的羞耻心导致的。她只知道，当她是 183 号寻呼小姐的时候，她在一点一点，接近着那个更干净的世界的幻觉。也许那样的世界无聊了些，没有味道。可是当那些留言，那些污浊陈旧得就像是用旧了的人民币一样的语言，经她一丝不苟地温柔地修改，变成一条条清洁多了的信息时，她错觉自己的背后生出了一对翅膀。

问题是，没有人像她一样那么在乎这种清洁。

她们的寻呼台是在2005年彻底关闭的。那年，她二十五岁。离开的时候，她转回头去，对183号台子深深地看了一眼。然后她低下头去，给志强发了一条短信：我们结婚吧。

她把牛奶杯放在志强面前的时候，他们暖暖地对看了一眼。

她心酸地看着志强，他吃东西的时候像个孩子。昨晚，他们一起去了姑姑的生日宴。志强表现得非常得体，喝了一些酒，说了一些笑话，热心地照顾着所有人，当然，最重要的，恰到好处地逢迎着姑姑。姑姑还是用那种散播真理的口吻对她的父母居高临下地说："你们看，我早就说了志强好。得着这么个女婿，还不是你们的福气。"

可是这男人并不知道，她到底是什么时候，最心疼他。

"琪琪，跟你商量件事情。"志强放下了还剩了一个煎蛋的盘子。

"你说。"他应该是没有听出来她今天格外地柔顺。

“方晨有个朋友，想转让他手里的一个厂子。我去看了，挺好的，后面的停车场很大，厂房的面积也还可以，器械总的来说旧了点，可是用起来还是没有问题。最重要的是，那边还有几个不错的工人都不打算跳槽，就算换了老板也愿意继续在那儿待着……”

“你是说——”

“因为他急着出手，价钱很合适。我们现在的店铺也有点小了，这个机会很好，我不想错过，把现在的铺子卖掉，盘下这个厂，我就不再是小车行的老板，而是修理厂的老板了，那是不一样的。”

“可是……可是我们还得还房子的贷款，没问题吗？”她怔怔地看着志强。

“我算过了，把铺子卖掉的话，可能还需要三十万……”

“到哪里去弄那么多钱？”

“所以我才想跟你商量，你要不要去问问姑姑？”他垂下了眼睛。

“不要。”她硬硬地说，“当初开这个店，就是姑姑帮忙的，怎么好意思再去呢？”

“当初开店的钱不是已经还给她了吗？”

“反正我不去。”她把抹布甩进了池子里，“我宁愿把这个房子卖了，也不再去求她。”

“这是关键的时候，你犯什么别扭！”志强的声音也提高了，“你们女人说话的时候能不能动点脑子？把这房子卖了我们住哪里？”

“我说了我就是不去。我们现在的日子有什么不好啊？我又从来没有嫌你穷。”她直直地盯着他的脸。

“我自己嫌，行不行？还不都是为了你吗？”

“为了我？你是自己贪心吧？”

“我×！”志强“腾”地站了起来，“你再说一次我是自己贪心！”

她僵持地看着他的脸，重重地呼吸。就在这个时候，她想起了陈浩南。所有的怨气顿时消散了，胸口处酸楚得可怕，像是清晨的海滩，等着迎接汹涌而至的歉意。

“对不起，志强。”她索然地走到门口，换上了高跟鞋，“我得去上班了，我们回头再说吧。今天姑姑不在龙城，等她回来，我周末的时候去她那里一趟。”她不想看志强此刻的表情，像是逃跑那样关上了门。

下班的时候，他依然在那里等她，看着她慢慢走近，对她熟稔地一笑。就好像他已经这样等了她很多年。“一块儿吃晚饭？”他征询她的意见。她说：“行。”“你想吃什么？”她说：“随便。”

他看出来她心神不宁，但是他什么都没问。她跟着他走过了街口，她不问他要带她去哪里，她甚至不问他为什么不乘车，仿佛她全部的任务，就是走在他身边而已。他们停在了银行后面一条小街的“如家”门口。

她惶惑地看着他，他平静地回看她。他们对望了几秒钟。他笑了，说：“在这儿等我，我进去拿行李，然后我们再去吃饭。”

“行李？”她重复着。

“我们在龙城的项目做完了，我坐今天晚上九点的火车走。”

她这才惊觉她根本不知道他从哪里来。是的，他说过，他来自另一个北方省份的小城，但是那里绝对不是他如今工作和生活的地方。她其实对他一无所知。还需要问他乘火车去哪里吗？似乎是不用了吧。

“在这里等着我，知不知道？”他讲话的语气里有种非常明显的不放心，他一定是看出了她的恍惚。

“陈浩南。”他听见她在身后轻轻地叫他，声音轻得让他以为是幻觉。可他还是以防万一地转过了身。她迟疑地挪动着步子，缓缓地上了两级台阶。然后，像是要跳楼那样紧紧地先把眼睛闭上，再扑过来抱紧了他。

我居然忘记了，你不过是似曾相识而已，终究还是陌生人。谷棋在眼前那片狭窄的黑暗里，用力地呼吸，就好像她置身于深沉的睡眠中。他的胳膊紧紧地箍着她的脊背。她不小心一眨眼睛，夕阳就像一滴眼泪那样，温热地从她睫毛的边缘滑过去。

十几年了，黄昏一点儿都没有苍老。或者说，黄昏一直都那么苍老，它自打一出生起就是个老人。所以它能原谅所有的事情。

从此以后，就再也不算是个好人了吧？

没错，不算了。

想做好人吗？

想，当然想，非常想。

那你现在在干什么呢？

在做坏事。

害怕那个变成了坏人的自己吗？

怕，当然怕，怕得不得了。

所以你要松开他，转身离开，忘了你认识过这个人，就当什么也没发生过。

不，不要。死都不要。

她坐在深夜的公交车站，铁质的椅子很冷。末班车来了，面无表情地在她面前停留了一会儿，见她纹丝不动，所以末班车不以为然地走了。

她打开自己的包，可她找不到手机。是在早上跟志强吵架的时候，把手机忘在了餐桌上吧。此刻，陈浩南应该正在疾驰的火车上，也许随着车轮和铁轨寂寥的撞击声睡着了，也许没有。本想发条短信给他的，可惜发不成了。她颓然地靠在椅背上，闭上了眼睛。有种倦意丝丝入扣地缠绕过来。她对自己轻轻微笑了一下。她知道她现在最需要什么。一个公用电话亭，然后，一个寻呼机。

“您好，183号为您服务，请您讲话——”183号小姐，你的嗓音真做作啊，可是我真嫉妒你听上去那么愉快和年轻。你好，我要呼——陈浩南的呼机号是多少？或者说，在他也曾经用过呼机的岁月里，他的呼机号码是多少？管他的，这都是细节。183号小姐，请你给我呼陈浩南，我知道你办得到。“现在请您留言——”183号小姐，你是好样的。留言，我的留言很短，只有五个字：今宵多珍重。就这样，没有了。我知道你明白的。“谢谢，请您挂机。”那么现在呢，你是不是要去和你的同事们，那些和你一样年轻的姑娘们聊刚才的那个女人？当然，是在午餐时间你们才有时间聊。你们嘻嘻哈哈地揣测她的故事的时候，你知道吗，她就是你人生的真相。

一辆闪着空车灯的出租车缓缓地靠近她，她惊觉地醒过来，默默地挣扎起身，上了车，报出家里的地址。

183号小姐，我要回家了，你呢，你已变成孤魂野鬼了吧。

志强把烟蒂按灭了，问她：“你去哪里了？”

“去吃饭，跟虹姐。”她其实一点儿都不会撒谎。

“谁是陈浩南？”志强开门见山，把她的手机丢在茶几上。

那上面有一条短信，时间是刚才，他不知道她把手机忘在了家里。短信也是五个字："我忘不了你。"

"这里面还有不少短信是他发的，就在这几个星期。"志强站了起来，看进她的眼睛里去，"你有没有什么要解释的？"

她点了点头，然后摇了摇头。恐惧扼住了她的喉咙，但是她知道，此时此刻，她已失去了表达恐惧的资格。

"说话！"志强命令她，"做出那种无辜的表情，给谁看？"

她还没明白发生了什么的时候，只听见左边耳朵"轰"的一响。一种嗡鸣声不断地在脑袋的最深处盘旋，那声音尖锐地推着她，推得她倒退了好几步。她沿着墙像堆衣服那样滑到了地板上。这个时候她才意识到，她冰冷的指尖正在抚摩着自己滚烫的左脸。志强的影子在她眼前剧烈地摇晃了一会儿，就像是湖面被石头打乱了。终于能够看清的时候，她发现志强来到了她面前，手臂僵硬地伸着。

她用手背在嘴上抹了一把，很红的颜色，她平时才不可能用这么艳的口红。

"琪琪，琪琪？"志强刚刚的举动其实也吓到了他自己。慌乱中他收回了自己刚刚用来打她的胳膊，换了无辜的左手，缓慢地抚摩她的脸。眩晕中她艰难地抓住了他的五个手指，把它们贴在那个流血的地方。

我就像瞧不起这个仗势欺人的世界一样，瞧不起你。这个世界把我搞得狼狈不堪，可是我心里总有一个柔软的地方，心疼着它的短处。所以我还是爱这个让我失望透顶的世界的，正如，我爱你。

母　女

小兔子乖乖，把门儿开开。快点儿开开，我要进来！

——题记

淑绢阿姨说会在蒙彼利埃机场接我们，这个机场很小，我们傍晚抵达。行李传送带上寥寥几件，我妈妈那只浑身飞满LV的大箱子一眼就看得到。“我去推车，你把箱子搬下来。”妈妈说，然后她略微尴尬地环顾了一下四周那几个面无表情冷若冰霜的欧洲人，“下次不拿这个箱子出来玩儿了，看上去像暴发户。都是你爸，非要我拿着说这个能装的东西多，人家说不定还以为我们是出来洗钱的……”“你想多了。”我打断她，把行李按照大小挤在手推车上。“妈妈帮你。”她上来握住了箱子的把手，“你慢着点儿慢着点儿，当心我的腰……啊呀，淑绢——臻臻你快点儿叫人啊。”

淑绢阿姨穿着一件简单的黑色长裙，头发绾在一侧，随便地拿一支泛着铜绿的簪子穿过发髻，微笑地看着我们。浑身上下的宁静，一望而知“欧洲”已经成了一缕沉潜在她骨头里的气。我瞬间便觉得，我和妈妈是真的很吵。妈妈用力地拥抱她："淑绢，还是这么好看。""你也好看，气色又好，好像比前些年瘦了些。"淑绢阿姨用力捏捏妈妈的胳膊，属于中国人的那部分灵魂在这个瞬间熠熠生辉，"臻臻现在好漂亮呀。"她的笑容里有种优美的倦意，就因为这倦意，她眼角的鱼尾纹也丝毫不觉得突兀，我暗暗地想，等我到了四五十岁要是能像她这样，我才不会担心何时是更年期。

"我听说过，你们法国人的车里，好多都没有冷气。"妈妈坐在副驾驶座上，我跟我的旅行袋一起摊在这辆小红车的后座，"不过人少的地方就是看着舒服啊。"——她显然已经忘了过海关的时候她还跟我说："臻臻，你说这不是法国第六大城市吗？机场怎么这么寒酸，真是跟我们中国没法比，对不对？不说首都机场了，成都、杭州的机场都要比这儿不知道气派多少……"

蒙彼利埃机场外面没有排成长队等着客人的计程车，也没有一拨一拨送往迎来的人群。只有一排沿着马路蔓延的树木，像是并不觉得被种植在机场旁边是什么特别的事情。车子开始移动的时候，我只看到一个女人，拉杆箱放在身体旁边，站在机场外面的自动贩卖机旁边，点烟，顺便在风里拉紧了衬衫的带子。黄昏的视线里糅进去了金粉，我觉得她不像是刚刚抵达，而是像在等候为她送别的人。

"我们这次能不能看见安琪？"妈妈问。安琪是淑绢阿姨的外甥女，十几岁就到这个国家来学习艺术，自然，也是妈妈嘴里常常提起的那些“别人家的争气小孩儿”之一。

“见不到，我都已经有快一年没看见她。”淑绢阿姨苦笑，“她工作忙，还经常满世界地飞，我去年到巴黎去看她，她住的地方吓死谁，三个女孩子合租一套公寓，打开门没有一个能落脚的地方，一大堆画笔就扔在平底锅旁边，锅还不刷……”

“年轻人还不都这样，不过我们臻臻倒是喜欢收拾屋子——可是安琪有出息啊！”

“你这是说哪里的话。”淑绢阿姨望着红灯，换了挡，马路上只有两三辆车，等着红灯过去了，就依次朝着不远处的晚霞开过去，“臻臻当医生多好，在这边，年轻人打破了头也考不上医学院。”接着她转过头对我笑笑，“臻臻请假出来玩儿一次不容易吧，我知道住院医生一年到头辛苦死了。”

我们都没有回答，因为我已经从医院辞职两年，这两年我基本上什么也没有做，我也承认我的人生出了很大的问题，此刻不是能仔细解释的时候，妈妈估计是觉得丢脸。乡间公路两侧的景致一开始不大容易看得出是欧洲，除了那些法语写的指示牌，不过路过了好多的湖泊和水塘，满眼的芦苇和水鸟突然间就把天地变成了油画。“我们平时住蒙彼利埃，度假的时候就去塞特。四十分钟的路程吧，是个小港口——

我们每年都过去住两三个月。”

“真是不错。”妈妈试探性地转过脸，“度假的房子是你们买的？”

“对，没多大，老房子里的一套小公寓，不过是顶楼，所以带着露台，夏天在露台上吃饭，看着运河。”淑绢阿姨善解人意地笑笑，“六十多平方米，二十万欧元，我说的是使用面积哦。”

“老天爷。”妈妈像是喝水被烫到了，“这么漂亮的地方——这是要气死北京人吗？”尽管她和爸爸是两年前才搬去北京的。我知道她希望淑绢阿姨借着话头问问她在北京的生活——这是她近年来一直津津乐道的事情。

“谁说不是，我一到北京皮肤就会过敏，一想到你们要花那种价钱去买房子，就替你们觉得冤枉。”淑绢阿姨打满了方向盘，方向盘的两侧像开着两朵晚香玉，妈妈显然有点儿沮丧。

“我记得……”妈妈换了话题，“安琪比臻臻大两岁？”

“是。”

“有没有合适的男朋友啊？”

淑绢阿姨显然兴奋了起来：“别提这个。提起这个我姐也只剩下叹气，我跟你说……”

我在夕阳里闭上了眼睛。我打算就这样闭着眼睛直到我们抵达塞特。我知道妈妈一定会回过头来并且不止一次，以确认我是否真的睡着——她已经等不及要跟淑绢阿姨聊我的惨状——其实我自己也可以说给别人听，没什么丢脸的。我爱上了一个人，在妈妈眼里，这个人是一个极度胡闹的选择，但是我坚持，坚持的程度让她开始怀疑她自己一向正确明智的人生里究竟做错过什么招致如此报应。后来她终于心怀悲情地让步了，于是我和他打算去结婚——但是他不见了。这不是比喻，是真的，就在我们约好去照结婚证上那张合照的当天，他迟到了十分钟，我打电话给他，以为他会告诉我他塞车，但是无法接通。从此我再也没打通过他的电话。一周后我终于收到他的邮件，他说，要我相信他，他会回来。

所以，妈妈赢了。她宽宏大量地张开双臂迎接她狠狠被生活教育了的女儿——说到底这孩子只是因为单纯和无知。她本来就计划着初夏的时候到法国南部去看看她多年的闺密，于是她决定带上我。她也必须找个机会给她的朋友讲讲我究竟遇上了什么以及这趟旅行对我来说是多么的必要——她一直相信自己是最好的母亲。

无所谓。反正，我知道他会回来。

塞特是个小城，却是重要的渔港，夹在地中海和一个大湖泊的中间。淑绢阿姨的老房子的窗框好重，漆成朱红色，上面还悬着一个硕大的金属搭扣，起像门闩那样的作用。推开它们，看见运河，运河静静地穿城而过的时候，满城灯火都屏住了呼吸。船都泊在错落有致的光亮中，好像根本就没有起锚这回事，好像它们从存在起就一直停靠在那儿。我身后的另一扇窗子朝北，正对着这栋楼的中庭。我不大懂建筑，不过的确觉得那个中庭有点西班牙甚至是北非的风味，至少地面是用细碎鲜艳的马赛克铺就的，中庭的墙壁还整个都粉刷成了明艳的黄色——介于柠檬黄和土黄之间。淑绢阿姨和妈妈的说笑声就从身后那扇窗边传过来，传到我这边的时候，夜色里的运河不为所动；可是声音到了中庭里就被击打在墙壁上，击打在三层楼下面的内院里，形成一种悠长的错觉。淑绢阿姨的先生是个大她快要二十岁的法国人，皮埃尔，有肚腩，谢顶，面容和善的南方进出口商人，起先还强撑着跟我们讲英文，喝完两杯酒之后就开始混乱，先是一句话里的所有介词都替换成了法文的，然后某些单词的发音也开始变得古怪起来，最终投降——淑绢阿姨来做必要的翻译。但是妈妈的英文又不好，一餐饭吃到一半，淑绢阿姨和妈妈把椅子挪到一起，开始肆无忌惮地说中文，皮埃尔完全不介意，坐在桌子另一头，一杯一杯地给自己倒上各种酒——并且在她们二人开始大笑的时候插上几句法文，看起来无比契合，好像这真的是场三个人的愉快对话。

我一个人坐到了客厅的另一头，看着夜色。在这种时候，我会一厢情愿地觉得，这运河是我的。远处，山的轮廓将所有灯光推搡在了一个杯子里，“醉卧沙场君莫笑，古来征战几人回”。不过在杯盘狼藉的港口，没有人会笑的，人人都是醉卧沙场百无一用的情种，谁也笑不着谁。

我的手机一直揣在连帽衫的衣兜里，早已拿出来看过了。国际漫游已经成功地搜索到了这边运营商的信号，爸爸的短信也已经打开读过了好几遍。也就是说，谁都可以找到我，只要愿意。

“你再要一杯酒吗？”皮埃尔笑着举着白葡萄酒的瓶子，像是换上便装的圣诞老人。

“不了，谢谢。”我其实被吓了一跳。

“不好喝？怎么会？”皮埃尔失落的表情让我觉得我做错了很大一件事情。

“好吧，我再要一点儿，真的最后一杯。”

“这就对了嘛，有助于睡眠。”他帮我倒酒的时候，还加了一句，“要是你想打电话，可以用家里的座机，淑绢有那种往中国打电话很便宜的卡，你找她要……”

我用生硬的法语跟他说：“谢谢。”我就会这么一句。

“你的手机有信号？为什么我的就是不行？”妈妈不知何时凑了过来，些微的酒意让她的语调松散而轻快，“欸？谁的短信？”某些时候她比我还要像个小女孩。

“爸爸的。”我把手机收进了兜里，不打算给她时间阅读内容，其实爸爸不过是问我们平安到达了没有，她看了也没什么关系。

“淑绢阿姨这儿只有两个房间，一间是他们的，我睡另一间，你只能睡客厅沙发。你要是愿意，也可以来跟我一起睡卧室，像你小时候那样。”

“还是算了。”我笑，“我喜欢睡沙发。”

“这儿真好。”她喝干了杯子底残存的一点儿红酒，“要是我会说法国话，我也跟你淑绢阿姨一样，留下来不走了。咱们也在这儿找这么一处房子，就咱们俩，每天就是吃饭睡觉喝葡萄酒，醒了看景色，是神仙才过的日子吧。”

“谁赚钱？”

“你爸啊！”她瞪大了眼睛，仿佛在吃惊我为何会问出来这种愚蠢问题，“让他在国内赚钱，我们在这边用，反正现在国内物价那么高，这边欧元还在贬值，我们在这边花钱未必吃亏呢。”她越说越像真的，“我也没说要一直住下去，就是待一段时间嘛，说不定过几个月你就能在这儿找一个欧洲小伙子，那多好。”

“妈！”

我们都沉默了，厨房里皮埃尔不知道在做什么，感觉一阵瓶瓶罐罐的碰撞声，过了一会儿，她叹了口气，我听得出这种叹气的意思，她不想破坏此刻出游见老朋友的好心情，她说：“我真不明白你到底像谁。我和你爸爸都是知道自己要什么的人，怎么会生出你这么蠢的孩子？”

“我没有你那么好的运气，能遇得到爸爸。”我其实想说，“你只是运气比我好而已，不代表你比我聪明。”但是我换了种说法。

“你有机会的。”她不耐烦地冲我挥挥手，好像她手上那个喝干了的水晶杯会听从她的驱赶，默默地自己走回厨房去，“你原本有机会，以后也有的是机会——找一个正确的人，过简单、舒服、合适的日子，是你自己就是不肯做出正确的选择。”

“我跟你说过很多次，不是我不想，是我做不到。我不喜欢你说的那种正确的人……”

“你不给自己机会，怎么知道你就是不会喜欢。”

“问题在于我已经喜欢了那个人，所以我就是做不到了，你为什么就是不能明白这个呢？”

“喜欢一个人哪有那么难，你能喜欢他就能喜欢别人。”

“也许有的人可以，我不行。”

“所以你就是蠢。他骗你，把你耍得团团转，你自己也看见了，你怎么就是不懂得接受教训，人都会犯错误，可是你犯了错误不能不懂得纠正。”

“妈妈，你爱过爸爸吗？”

“废话。”

“我知道你现在爱，我问的是你们年轻的时候，你们刚刚认识的时候，你有用爱情爱过爸爸吗？”

“你们年轻人永远觉得我们上一代的人什么都不懂，可是我告诉你，什么年代的人生都一样，翻来覆去没有几件新的事情。”

对话结束。即使已经走到了万里之外的南法，依然如此。

每一个人都恋爱过，每个人都失过恋；绝大多数人都经历过男人女人间的欲拒还迎、欲盖弥彰、追逐撕扯以及原始的缠斗。饮食男女朝夕相处耳鬓厮磨一辈子，渐渐血肉相融，弥留之际告诉对方“我爱你”，绝对发自肺腑——我之前也以为这就是“爱情”了，其实，不是的。

我没有妈妈以为的那么蠢，我知道我跟罗羿算不上合适。我也知道，从概率上讲，最有可能的就是，我的确被抛弃了，不，我不喜欢这个词，我的确被丢下了，都一样。我已经仔细回想了无数次，在那一天之前，罗羿究竟有什么异常的地方。那天凌晨我从我们租住的那间斗室里醒来，我光着脚去倒水喝，踩到了罗羿丢在地板上的牛仔裤。他睡得很熟。第二天早晨我醒来，他已经去上班了，他上午不能请假，所以我们早就说好了，下午两点在民政局门口见面。我十二点半出门，给他发了微信，我说我现在动身了。他回复我：好的，待会儿见。

那是他发给我的最后一条微信。

起初我疯了一样地找他，联络他的同事，他的朋友，他认识我之前租住的地方的房东，甚至是他的前女友——我甚至去找了警察。可是，因为他发了那封要我相信他会回来的邮件给我，警察说他们不能立案。那个警察用一种怜悯的神情看着我："有可能，他就是不想见到你了，你说，这种可能有没有？"

我没法反驳所有这些同情我的人。他的同事说，他在三周前就递交了辞职报告，一个人在正式离职前的最后几天不告而别，不是什么了不得的事，离职手续已经办完，最后一个月的工资已经结算清楚，他之所以还去上班只是为了做必要的交接——我说这些我都知道，他辞职是因为想在我们结婚以后换个前途好点儿的工作，辞职之后我们就能马上动身去什么地方旅行——那为什么一个马上就要离职的人，还要说自己结婚当天上午必须去上班，能有多么重要的事情？——他说过，那天上午有一个会议，很重要，他必须去跟当初力排众议把他招进公司的旧上司道个别，旧上司在会议上要提一个应该没人会支持的案子，不管有用还是没用，他都要去为他举手投上一票，这是他最后能做的一点儿事情——你就那么相信他说的话？

是的，我信。

那个同事显然不想再跟我浪费时间："你要是相信他就是失踪了，去问问他父母吧。"

可是他没有父母。

几天来，淑绢阿姨开车带着我们走了好几个小城。卡尔卡松、佩皮尼昂、纳博讷、贝济耶、佩兹纳斯，并且还将朝着比利牛斯山前进……这个地区真的古老，名字一长串，朗格多克-鲁西永——听起来的确像是傅雷先生翻译的巴尔扎克小说里会出现的词。往往就是在宁静的乡村公路上，蓝天绿树之间，迎头撞上一个古罗马，或是中世纪的遗迹：城墙，桥梁，修道院，天主教的教堂……现代人们司空见惯若无其事地跟它们共存，反正每天都看得到那个古人留下的笨拙的微笑——有了它们，这里的地平线就像是用来包扎伤口的。

“真漂亮。”妈妈站在纳博讷教堂的祭坛下面，像是大气不敢出，像是在恐惧自己的声音。

“是。”我说。仰头看着纵横交错的石头穹顶，平时我想看星星的时候，也会把头仰成这个角度。

“我是不信任何教的。”妈妈看着淑绢阿姨，“可是到了这种地方，就觉得还是得保持点儿尊敬。”

淑绢阿姨也笑笑：“我总觉得，什么都不信的人，不懂得什么叫真正的尊敬。”

“假洋鬼子。”妈妈打趣着，抿了抿嘴唇。

“异教徒。”淑绢阿姨故意做出一个夸张的耸肩的动作，随后跟着导游去听讲解了。

“你还有硬币吧？给我一个两欧元的。”妈妈转向我，把手掌平展地摊在我面前。

“干吗啊？”其实我已经猜到了她想干吗。

“我去那边点支蜡烛，我求上帝保佑你。”

“我挺好，就不用麻烦上帝了。再说，你又不信上帝，干吗现在想起来人家。”

“我不信又怎么样，来都来了，拜一下总没错的——我还不是为了你啊，我求上帝帮我管管你，把你引到正路上去。”

“我杀人放火了吗？”我承认自己语气烦躁。

“你不懂得人生即便不完满也不能犯错误，这是最基本的。可是你不懂，你太任性，只图一时的开心快活不看长远，我管不了你，只能求神明。”

“我觉得一辈子只为了不犯错才是最大的错误。”

“你看，犯了错还不知道纠正跟反省，即使被不靠谱的人甩了也还嘴硬。”

“妈，我们一定要在教堂里吵架吗？”

“我是你妈，我眼睁睁看着你差点儿就要跳火坑了，我说都不能说你一句吗？还好老天有眼，让那个小子走人了，不然你就真的毁了自己一辈子，你哭都来不及。”

“那你去点蜡烛好了，感谢上帝帮忙，让罗羿放我鸽子。”

“就不明白你了，承认自己犯错了有那么难吗？你还记得那年咱们家装修房子吗？我为了浴室里的那个柜子跟你爸吵得那么凶，后来我选的柜子送来了，颜色果然不合适，我就很主动地跟你爸道歉了，退了货，订了他看上的那种，的确更合适些。亲人之间讲那么多面子干什么？”

“所以，”我倒抽了一口冷气，不敢相信我听见的，“你是想说，我选错了人，而你选对了，我爸对你来说，只是一个正确的浴室里的柜子？”

“你抬什么杠啊，他罗羿能跟你爸爸相提并论吗？他配吗？”

“爸爸是你的男人，罗羿是我的男人，为什么不能相提并论，哪里不配？”

“他还是你的男人吗？他人在哪儿？他躲起来了因为他玩腻你了，你非要逼着我把这种话说出来吗？”淑绢阿姨和皮埃尔早就回头看着我们俩——即使皮埃尔不懂中文，我知道他也清楚地感知到了那种紧张。淑绢阿姨故作轻快地说：“你说要硬币是吗？我这里有的。”

妈妈恨恨地挥了挥手：“不跟你说了，丢脸都丢到国外来了，你不做人我还要做人呢。”

那天回程的路上，她一直不肯理我。我们路过了曾经属于教会的田地，中世纪的修士们曾经做完早课，就到这片地里来种植迷迭香、玫瑰花，还有葡萄。

我有个秘密。在我父母刚结婚的时候，我妈妈怀过一次孕，那是个男孩子，可是她生病发烧吃了药，所以他们就这样失去了我的哥哥——我其实不知道他能不能算是“哥哥”，因为如果他正常地降临人间，妈妈便不可能在那个时间怀上我，我就不会存在了。

可是，在一段相当长的时间里，我看得到他。不，不是幻觉，或者说，我不知道那究竟算什么。从我幼童时期，直到二十四岁那一年。他随着我一起长大，总是在深夜或者我绝对独处的时候突然到来，我们一起度过了很多快乐却莫名其妙的时光。我从一开始就把他当成生活的一部分，并且无师自通地对任何人绝口不提。

二十四岁的某一天，哥哥消失了，我再也没见过他。

我是在心理医生诊所门外遇见罗羿的。不管我有多么斩钉截铁地相信哥哥是真实的，内心深处也依旧有种如影随形的恐惧。万一一切都是幻觉，万一呢？

那段时间，我跟着父母搬到了北京，辞掉了家乡医院的工作，待在家里准备考试。有了罗羿之后，我就告诉妈妈，我不考了，我不去国外，我只想留下来跟他在一起。所以妈妈恨他，觉得是他阻挡了我的前途。

那个名叫佩兹纳斯的小城里，有莫里哀过去常来演出的剧场。老城区里古旧的巷子彻底迷倒了妈妈，她拉着淑绢阿姨，钻进一个手工艺品店里，走不动路了。手工艺品店的对面，有一栋老房子——皮埃尔说，估计是九百多年前建造的吧。一位跟妈妈年纪差不多大的女士踩着九百多年的台阶走下来，手里握着一把黄色的铜钥匙。“她住在中世纪的房子里啊？”我惊讶地问皮埃尔，“我还以为这里不能住人。”

“她……应该是住这儿吧，住了好几百年了也不想再费事搬家。”皮埃尔一边擦着额头上冒出的一层汗，另一只手习惯性地抚摩着他的肚子。看到我被他逗得大笑起来，神情得意。

“你们能来这里，真好。”皮埃尔注视着店铺橱窗里隐约透露出来的，妈妈和淑绢阿姨的背影，“淑绢这几天是真的很开心。她平时很寂寞，要是你们有时间的话，就多来看看她。”

“我妈妈有时间的，有的是时间，”我笑着，南法的明亮阳光均匀地烘焙着我的脸，“不过，我下一次是什么时候来，可就说不好了。”

“也是，年轻人需要存钱。”皮埃尔往建筑物里的阴影里挪了挪，“下一回，不管是什么时候，一定要带着你的恋人一起来，给我们看看。”——圣诞老人对人做鬼脸的样子还是有点始料未及。

我默不作声。

“年轻女孩子爱上了妈妈讨厌的人，我说得没错吧？我看得出来。”他动作夸张地指指自己的眼睛，“我是不懂中文，可是你别忘了我已经活了六十五年。”

“我想问你一个问题，可以吗？”我没有等他回答，因为我自己也清楚不过是客气一句，“那天，我们本来说好要去结婚的……可是他没出现，从那以后我就再也没有见过他，三个月了，我只收到过他的一封邮件，说要我等他，他会回来会解释。所有的人都说我被骗了，可是我觉得即使他想离开我，也不可能是用这种方式，我愿意等他，其实我自己也不知道我这么做对不对，但是，这真的那么蠢吗？”

“你相信他爱你吗？”皮埃尔的神情变得认真起来。

“相信。”

“你有你认为的足够充分的理由？”

“我有。”

“那么……在你们中国，注册结婚需要带身份证的吧？我想全世界应该都一样。”皮埃尔拍了拍脑门，像是豁然开朗。

“对。”

“你不如就这么想，他去结婚的路上发现自己的身份证弄丢了。他不好意思告诉你，因为他觉得这样显得自己很蠢，于是他打算办好新的证件以后，再重新跟你去结婚。”

眼眶里有一阵热潮席卷过来，脸颊上都被带得一阵酸麻。

我努力咬了一下嘴唇，笑笑说："谢谢。"

那晚我们没有回塞特，住在了一个酒庄旁边的家庭旅馆。旅馆的老板也是酒庄的主人。我们在这里住一晚，第二天清早，淑绢阿姨她们会直接把我们送到蒙彼利埃的机场，我和妈妈要到巴黎去，她报名参加了一个巴黎的旅行团，这种宁静的旅程明天就要结束了。

一周以来，我怕是喝掉了一辈子的葡萄酒。晚餐还没上甜点的时候，旅馆的老板也坐到客人们的桌子旁边，大家一起喝了起来。皮埃尔鼻头红红的，拍着我的肩膀道："孩子，在巴黎可没有这种事，在北方，人人都吊着一张脸不肯多说哪怕一个单词。"然后他们哄笑了起来，旅馆老板殷勤地站起身，拿起一瓶醒够了的玫瑰红，绕着圈儿斟了每个人的杯子。妈妈急急地凑到淑绢阿姨耳朵边要她翻译，好像错过了笑话是件非常失礼的事。

我借着去洗手间的机会，走到了室外。我面前有一片空旷的空地，二十米外，葡萄们在夜色里混沌地沉睡着。从生到死，它们不知道把它们拿去酿酒的凶手给它们取了多么美丽的名字：赤霞珠、霞多丽……还有什么，白天淑绢阿姨教给了我好几种，我为何想不起来了？我是喝多了吗？

微醺的时候，我最想念你，罗羿。

"臻臻，妈妈只不过是想保护你。"我听见了她的脚步声，她是在我身后站了一会儿，才凑过来坐在台阶上的，不管是在多么喧闹的地方，我也认得出她走路的声音。

“我知道。”我侧过身子，举起我的杯子，轻轻地跟她碰了一下，“祝你健康，妈。”我笑着，脑袋里有点儿恍惚，我想她也一样吧，她眼睛里有种很可爱的朦胧，年轻的时候她是个很漂亮的女人。

“祝你幸福。”杯子已经凑到了她的嘴边，她却突然把它移开了，她有些烦躁地说，“可是你真的能幸福吗？你呀，等你当了妈妈，你就懂了。要是你也有一个不听话不省心的女儿，到那一天，你再来找我。”

“你知道，我从小一直看得见哥哥。”一种绝望静静地悬在我的心里，因为我知道我下面想说的话，也许她一个字也不会懂，但我还是必须要说：“我真的看得见，有好多年，你会觉得我有病吧？我自己也以为，我是真的有病，你还记不记得，你那时候总是问我，为什么那么久都不给自己买衣服，问我钱都花到什么地方去了……全都拿去看心理医生了，我不想告诉你和爸爸。可是罗羿不觉得我有病，他相信我看得见哥哥，他相信哥哥就是真的存在过，因为，因为他和我一样，有十几年的时间，隔三岔五地，他死去的姐姐就会回来跟他说话，只有他自己知道。我们在一起以后，就决定再也不去看心理医生了，只要我们俩都觉得对方没有病，都相信那些事情是真的发生过，那这个世界就是一个死去的人随时会回来的地方。我知道，你嫌弃他没有钱，他性格不好，他是小镇来的孩子，什么基础都没有，我为了他不想出国让你失望了，我都知道……他不会嫌弃我，我也不会嫌弃他，我们珍惜的那个秘密在旁人眼里什么都不是，但是，但是妈妈你能不能这么理解，你能不能就当……就当我到了二十八岁时你才发现我有残疾，算我求你，再不满意，你就当罗羿是和我一样的残疾，行不行？”

“你胡说八道！”她厉声打断我，眼泪涌出来，“我凭什么就该当你是残疾，你能不能用用脑子，他处心积虑地想要接近你的话，什么故事编不出来？你也信，你什么时候能像个大人那样想事情，你不是孩子了，二十八岁，你以为你的好日子还剩下几天？你再这么不顾现实地耗下去，你能像淑绢阿姨那样人老珠黄的时候嫁个外国老头子就是最好的下场了。你爸的心脏也不好，你想气死我们是不是……”

她像我小时候那样，冲着我扬起了巴掌，停顿了一下，又突然放下了。

我看着月亮，笑了：“你当我什么都没说就好。”

我听见了手机的音乐声。一周没听见来电的声音，我需要发呆一秒才能确认不是幻听。屏幕亮了，两个汉字：罗羿。我不知道这是否代表上帝终于奖赏了我所有的盲从，我只知道，此刻就像是我刚认识他的时候，那两个汉字，让我生活的陈旧宇宙里，突然照进来一束柔软缠绵的光。

“我不去巴黎了，我换机票直接回北京。”——十万火急的时刻我居然首先想到的是这件事。

妈妈冷笑了一声：“他是打来跟你正式说分手的。”

我手指颤抖，按下了“接听”。

南 极 城 传

“你多大？”婚纱店的女经理弯腰蹲在我脚旁，在层层叠叠的白色花瓣上边扎别针。她的姿势让我心生不安，我其实不大喜欢别人这么周到但是小心地对待我。

“二十五岁。”李瞳坐在我对面的沙发上，一边懒洋洋地翻着时尚杂志，一边替我回答。我面前的大镜子映出来她的后背，瘦削、有点驼，但是无意中摆出了一个曼妙的角度。

“真好，花样年华。”女经理仰起脸，一绺鬈发从她的发髻里滑下来，微微地垂着，挡住了她的睫毛，她甩甩头想把它甩开，可惜没成功，倒是她的身子不听话地晃了一下，因为穿着十五厘米的高跟鞋蹲久了，毕竟是辛苦了些。

我笑了笑，极力地凝视着镜子里的自己。婚纱云雾缭绕地上了身，但是头发却没盘起来，依然是清汤挂面地垂在耳朵边上，就算是再怎么用力地看，也不觉得这一刻有多么神奇或者美好。

“好看的。”李瞳的语气毋庸置疑，她总是能在一瞬间看明白我在想什么，“到时候头发一弄，化好妆就焕然一新了。”那语气像是在说，我这个人需要使劲地装潢一番，才配得上这件衣裳。她柔软地、深深地看着我，然后笑笑。“明明，你惨了。穿上这身衣服，漂亮这么一回，以后你一辈子就这么完了，再也不能谈恋爱。”紧接着她补充道，“当然，我是说，原则上讲是不能。”

女经理笑着转过脸看她，就连站在我身后那个替我量腰围的姑娘也跟着开心地笑，娇俏地捂着嘴。我知道李瞳的目的又一次达到了，她总是不自觉地希望自己能给别人留下深刻的印象。然后她又得意扬扬地跟了半句：“除非你老公早点儿死。”

我们从婚纱店出来，已经黄昏了，我们路过了南极城。它依然故我，一栋灰色的楼，其实只有三层而已。不过我们心照不宣地把目光转向了路的另一侧，那一侧，没有南极城。几秒钟而已，车窗就滑过了那些景色，我们转眼就安全了。就在这时李瞳叹了一口气，她那一点点悠长的余韵让我没了主意。我不知道是该继续若无其事地沉默，还是该语气平淡地谈起什么。李瞳却在此时说：“我到现在都还记得，咱们小的时候，穆成指着南极城的大门，欢天喜地地跟咱俩说：‘你们看你们看，我爷爷当时就是在那里投降走出来的，然后龙城就解放了……’他就像是在讲一件多么骄傲的事情。”

往事让我们的笑容由衷地舒缓，我一边笑一边说：“他就是傻嘛，其实他直到今天也是这样的。”手机就在此时绽放出蓝色的小信封，说曹操，曹操就到了。

李瞳慢慢地说：“怎么也没想到，你就这样要嫁给他。”

那年我十二岁，我的表姐李瞳比我大两岁零八个月。在那个年纪，这个年龄差足以造成某种难以逾越的距离。我还没有月经，李瞳就有。我尚且觉得男生是种怪异的生物，但李瞳已经能用一种愉悦的目光打量他们，像是挑剔着一样礼物的瑕疵那样开他们的玩笑——虽然有瑕疵，可毕竟是礼物。放学路上，我看着她从某个男孩儿的自行车后座上跳下来，以一种令人难堪的柔软的姿态和他挥手道别。

“不害臊。”我在不远处“哧哧”地笑。

“你懂什么，你个小屁孩儿。”李瞳高傲地仰着头。

这样的对白当然不能被外婆听到——对此我们心照不宣。我已不记得有多少个午后，外婆在北方一泻千里的阳光下面一本正经地午睡着。李瞳牵着我的手，我们轻轻地穿过阴暗的门厅，像两个熟练的贼。关门的时候小心翼翼地把门锁的声音降至最低，偶尔李瞳会从外婆的小铁盒子里看似漫不经心地拿两张破烂不堪的零钱。外公的遗像在泛黄的墙壁上静静地注视我们的所有行为，我们对此习以为常。对面墙上，还有一张黑白的周总理的照片。我很小的时候，总是搞不清墙上这两个黑白的老人家到底哪个是外公，哪个是周总理。李瞳就骂我："笨蛋，长得丑的那个就是外公。"

她是要带我去找穆成。在午饭之后、下午上课之前那短暂的一个半小时，是我姐姐约会的时间。我不知道李瞳为何会选中了这个看上去平凡得令人失望的穆成，其实她自己也不知道。所以她只好嘴硬地模仿电视剧里的台词："在爱我的人和我爱的人中间，当然还是选那个爱我的，这样比较聪明。"这个解释令我肃然起敬，她居然有胆量使用"爱"这么不要脸的字眼。——我想我骨子里沉睡着一个乌合之众的灵魂吧，因为我本能地对所有出格的东西心存敬畏，哪怕是出格的不要脸。

穆成总是在红旗剧场的台阶上等着我们。他等得无聊，就在那些台阶上练习轻功。我是说，像练习轻功那样轻盈地跳来跳去，一跃就掠过了好几级台阶。即使是今天，我也总是能想起，在红旗剧场那颗硕大的五角星下面，有个男孩儿在百无聊赖地、专注地练习飞翔。姐姐张开双臂冲上去，却在离穆成还有两三级台阶的地方停下来，拘谨地粲然一笑。我是真的无比热爱这时候的李瞳——明明很不要脸，却又突然地害起了羞。

"下午放学的时候过来看电影吧。"穆成邀请道，"明明也一起来。"

李瞳故作矜持地撇嘴：“什么电影？不好看我们才不来。”

“好看的。《勇敢者的游戏》，美国片，说是惊险的呀。”穆成急切地解释着，“来嘛，我爷爷今晚不值班，值班的崔叔叔——”他一拍胸脯，“是老子的人。”

“你要做谁的老子哦？”李瞳把头一偏，“不喜欢美国片，我爱看香港的。”

其实我和穆成都知道，她不过是拿一下腔调而已，她当然还是会来的。哪怕晚上回家的时候，又会挨外婆那种想象力极为丰富的咒骂。

穆成的爷爷在投降以后，鬼使神差地，又被派来打扫这个他曾经亲手插上白旗的楼房，看着这个灰色的三层建筑物在一阵鞭炮声中变成了“红旗剧场”。卖票和领座的工作，他做了有半个世纪那么长。他是个可怕的爷爷，可怕得足以和我们的外婆相互辉映。我听到过他以一种不可思议的音量，在入口处的大厅里，雷霆万钧地诅咒着那些逃票入场的坏孩子。他会很多我听不懂的骂人话。我问过外婆那是什么意思，外婆说，别说是我，就算是我的父母都未必能懂得。外婆微笑着说：“阎锡山的老兵嘛，自然会讲些很有年头的龙城话。”转眼间，她又板起了脸：“女孩儿家，打听粗话做什么？作死呢。”

夜晚，我独自躺在我和李瞳两个人的床上，倾听着外婆在屋外不动声色地挪动椅子的声音。说是夜晚，其实九点刚过而已。外婆因为李瞳的晚归，脸色越来越难看，所以她要我睡觉的时候我就乖乖地顺从了。这样就可以安然地置身于风暴之外，甚至怀着一种怡然自得的心情期待即将上演的大戏。

“你又到哪里鬼混去了？”

“和同学看电影，是美国片，英文的。我们英语老师说了，外语就是要多看看外国的电影才学得好。”

“真的？”外婆的语气明显地在缓和，“在哪里看的？”

“在我们英语课代表家，不信，你打电话去问嘛。”李瞳他们班的英语课代表还真的是穆成。

“男的女的，那个代表？”

“女的。”——她总算是撒了谎，我都等了这么久了。

其实还有一件事，她也没讲真话。我们毕竟是天然的同盟，所以我下意识地忽略了这个谎言——她没有说她去了红旗剧场。外婆不喜欢那个地方，因为外公死在那里。很多年前，某个春风沉醉的夜晚，外公像件落满灰尘的旧家具那样，从红旗剧场三楼库房的窗口跳了下去。其实那种高度，不是所有人都能摔死，但是我们的外公成功了。

有件事我外婆一直耿耿于怀，那就是，李瞳的父母——我的姨妈和姨父，他们恋爱时第一次约会，就是在红旗剧场看电影。外婆提起这件事，就拧着眉毛、咬牙切齿地对着空气骂道："你自己亲爹的冤魂看着你们俩呢。你走进去的时候不嫌脊背上凉？"

爱情炽烈的温度一定是打败了老灵魂的注视。对姨妈和姨父来说是如此，对李瞳和穆成也一样。李瞳在黑暗中躺在了我的身边，发丝轻轻扰动着枕头。"《勇敢者的游戏》好不好看？"我羡慕地转过脸。

"他亲了我的嘴。"李瞳答非所问地说。

很多很多年后，一个夏天的夜晚，我和我的姐姐李瞳终于又像曾经那样，并排睡在一张老式的大床上。寂静中，我们彼此呼吸的声音似乎和童年时并无区别，好像我们只不过是把外婆家里的那张床从龙城平移到了这个名叫"基辅"的城市。

李瞳那时候已经在这里待了三年，她从莫斯科转战到这里，原先也没想过这里的语言跟她好不容易才学会的俄语基本上没什么关系。距离她离开龙城，已经快要八年。那是我第一次出国，我想护照上第一张签证属于"乌克兰"的人，可能并不那么多。我来看看她。

她的中餐馆生意不错，可是难吃。我站在关公神龛的旁边，静静地看着她把一辆小货车慢慢地停靠在人行道边，然后跳下来，裹紧那件宽大的牛仔外套，招呼着她的伙计们去车上搬箱子——似乎是忘了把手刹拉起来。他们吆五喝六的喧嚣让路边过路的当地人一阵侧目，我的姐姐意识到了这点，于是她从容地转过身，对着这几个金发的路人嫣然一笑。他们淡漠拘谨的脸上闪过一丝尴尬——李瞳擅长这个，不分肤色种族和文化，她总有办法让别人拿她不知如何是好。笑容的余波停留在她眼睛里，她只好把它急急地抛给了我。她不再是那个自作聪明的少女，如今，她在风尘仆仆地生活。

隔壁房间的沙发上睡着她现在的男人，据说他来自中俄边陲的小镇，个子挺高，有混血儿的高鼻梁和深眼窝，但即使如此，也跟帅气扯不上关系。他负责进货、收账、讨好警察，李瞳在店里监督厨子和服务生们，闲下来的时候，他们之间交谈也并不多，好像已经这样胸有成竹地过完了半生。

"你要不要和他结婚啊？"我的声音打破寂静。她知道我没睡着，我也知道她知道，"看你们的样子，早点儿结婚算了，也能安定下来。"

她扑哧一笑："你的语气真像外婆。"

"你呢？"隔了一会儿她问我，"你有什么打算？"

"我还能有什么打算。"我当时还开不了口跟她说——我和穆成的事情，"我的学校也不算好，签到银行的工作已经不容易了，反正我也不喜欢大城市，我回家挺好的。"

她叹口气，笑了："其实你从小就知道自己想要什么，比我有主意得多。"

黑暗中，我翻了个身，起身拧开了床头灯，我想干脆坐起来，跟她好好聊聊，可是她就在说完这句话的时候，陷入了熟睡中。她早已习惯了辛勤劳作一整天之后迅速地睡去。我很想念她，可是我知道，我们之间已经没有太多话可说。屋外，那个男人接了一个电话，模糊地用我完全不懂的语言说了几句，然后站起身，拉开了冰箱门。异乡的孤独就在那一瞬间淹没了我，我恨不能钻到冰箱里去跟那些食物饮料睡在一起。

我还没有来得及问她，既然外婆去世的时候，把我们一起度过童年的那套老房子留给了她，那么她为什么不能回家来。她一直都是外婆更牵挂的那个孩子。

我还没有来得及问她，是否爱那个睡在隔壁的中餐馆老板，是否像当年爱潘勇一样爱他。

红旗剧场最后的夏天，就像一次深沉的睡眠那么短。好像是一夜之间，“红旗剧场”那四个大字就消失了，那栋沉默的灰色楼房变成了一个大工场，如同怪兽，整日咀嚼吞咽着电钻的声音，还有那些叮叮当当的敲击，以及酷暑将近的黄昏街头那个穷途末路的太阳。剧场里曾经的木质椅子被拆下来，一把又一把地堆在门外的人行道上。白色油漆刷出来的座位号似乎不那么适应明晃晃的室外光线。我和李瞳站在街的另一边，有些错愕地听着那些椅子之间的撞击声，那些清脆的声音的源头，基本都是连接座椅和靠背之间的那个活动的铁质合页。每当电影散场，人们纷纷起立，那些椅子在一秒钟之内活了过来，迅速地、凶狠地轻盈了起来，飞回到靠背上，像是遇上了节日。“南极城！”李瞳看着那簇新的，但是暗哑的三个大字，不无惊讶地说，“是一个新的电影院吗？”

几辆呼啸的“二八”自行车从我们眼前疾驰而过，集体捏闸的时候轮子在水泥地上发出凄厉的鸣叫。车上的那些男孩子笑着、骂着粗话，只一瞬间，地面上就凭空多出了好几个还在冒烟的烟头，就像动物圈了地盘。他们是小流氓，不过我们龙城人不这么讲，龙城话管他们叫“赖皮小子”。这五六个赖皮小子从他们陨石一样的自行车上跳下来，带着因为飞驰而奔腾起来的温度，在我们面前灼热地戛然而止。

其中有一个，把眼睛转向了我们。那一瞬间我下意识地转过脸，捏紧了李瞳的手，用一种看似若无其事的语气说：“姐，咱们走吧。”后颈上却是一阵突如其来的火烫。可是李瞳却似没有反应，这时候，我听到了来自背后的声音。

“南极城不是电影院，小孩儿，是迪厅。”

“你说谁是小孩儿？”李瞳的声音里有种奇特的清澈。这让我大吃一惊，她怎么敢用这种挑衅的语气招惹他们呢？他们说不定会揍我们的。我见过一次，他们围着李瞳他们学校的一个男生，轻松地微笑着，从四个方向慢慢逼近他，毫不犹豫地踩着地上几滴新鲜的血。

“你连南极城是迪厅都不知道，还不是小孩儿吗？”他脸上浮起了一丝微笑，好吧，我也承认，这个赖皮小子看上去一点儿都不凶，并且，难以置信地顺眼，“小孩儿你是哪个学校的？”

“你又是哪个学校的？”李瞳抬起眼睛，一览无余地打量他。

“我？”他嘲讽地笑了，“要不我说你是小孩儿。我不上学了，我是混社会的，你懂吗？”言语间掩饰不了地骄傲。他的那群朋友已经走出去了一段距离，三三两两地站在红旗剧场——不，站在南极城的台阶那里，冲他大声嚷：“你还走不走啦？”

“走！”他大声地、元气十足地喊回去，从刚刚的普通话，换成了龙城的腔调。然后他转过身子，以一个轻捷的姿态冲着他们奔跑过去。

“等一下！”李瞳甩开了我的手，往前追了两步。于是他也停了下来，猝不及防地、明亮地转过了脸庞。

“十四中，开学上初三，李瞳。”我的姐姐说完这句话，就拉着我头也不回地飞奔而去。龙城的夏日是凝固的，蠢蠢欲动的东西，只有我们鼓满了风的裙子。

“我叫潘勇——”那个声音追了上来，伴随着更远处那几个赖皮小子肆无忌惮的哄笑声。

潘勇和李瞳的名字，一年后在那个圈子变得无人不知。南极城迪厅是他们所有人的疆域、城池，以及创造传奇的地方。那年头，龙城人还不会说“夜店”这个词，“迪厅”在我们这里，已经是个离“激情”和“堕落”最近的词语。按理说，那不是未成年人该去的地方，可是，谁知道我们龙城的成年人们都在夜幕降临之后躲到了哪里，要是没有这些赖皮小子，以及坐在他们自行车后座的姑娘们，谁知道南极城还能不能如今日一样，活在很多人尽管蒙尘、却从未消亡的记忆里。

十五元一张的门票挡不住他们，后来涨到了二十也不行——他们有的是办法搞到钱，五彩的霓虹灯在古老的街道上嚣张却宁静地闪烁着，可是里面却换了人间。音响粗糙，不过胜在霸道，鬼火一般蓝色的荧光切碎了那些扭动着、舞蹈着的年轻的躯体，震耳欲聋的音乐就是从那些破碎的躯壳里流出的血，可也是这音乐成了代替血液注入那些躯壳里的灵气。想要说句话就必须大吼大叫着，但是何必讲话呢？舞池的另一端不知道发生了什么，一瓶碧绿的啤酒像花那样，柔若无骨地绽放了，甩出来新鲜的、璀璨的白色泡沫，都是柔若无骨的。只有简短有力的超重低音是南极城的夜里唯一一样坚硬的东西，它是所有舞蹈的骨头，每个人都在跳跃摇摆的时候踩着它，就像踩着自己的心脏。

其实我从来没有去过那时候的南极城，我不敢，同时我不可能在夜晚的时候逃出去。家里总要有个人为夜游的李曈望风，或者打掩护——不，算了吧，我就是胆怯。我还是迷恋着当外婆破口大骂的时候，胆战心惊地缩在小屋里，暗自庆幸着，还好我是个“乖孩子”，我可以躲进这三个字里遮风避雨。

所有关于南极城的故事，都是李曈告诉我的。她带着一脸刻意为之的沉着，声音中却是掩饰不了的欢愉，以一种内行人的姿态，给我扫盲。

“咱们龙城主要就是这三个帮派的人——”她的口吻简直称得上是循循善诱，我再一次地被征服了，因为她又使用了一个让我肃然起敬的词语——“帮派”。

“北城区那边最厉害的就是赵锋，大家都叫他‘赵疯子’，他手底下主要就是四个学校的人。北城的人都讲普通话。南城区数得着的就只有潘勇的老大了，他叫宋凯。其实你也见过他一次的，不过……”李曈得意扬扬地斜睨着我，“宋凯那个人虽然能打，也豁得出去，其实脑子很笨的，特别二的一个人。所以我们才都叫他‘二凯’啊——这么叫惯了，好多人都不知道他其实姓宋。就是因为他笨，所以他很听潘勇的话。南城这边的人都是讲龙城话的。再剩下就是西边铁路局那边的小孩儿了，是讲东北话的，他们的父母好像都是从那边迁来的吧——你不知道，他们讲话的时候真的都和赵本山的小品一模一样的……”

“可是，潘勇和你说话的时候不都是说普通话的吗？我听见过他说龙城话的，其实怪怪的，他说得不是特别好。”我托着腮，不耻下问。

“这个——”李瞳露出一点儿为难的神情，“告诉你也不要紧。潘勇原本是混‘北城’的，所以他原本的老大是‘赵疯子’，可是，‘赵疯子’当时的姑娘看上了我们潘勇——”

“啊？”我倒抽了一口冷气，“不要脸！”他们俩的道德观让我立刻认定了，赵锋的那个姑娘是个“骚货”，潘勇自然而然地也不是什么好东西。但我这么想的时候显然忘了，我的姐姐其实也做了和那个姑娘一样的事情。话又说回来，“道德”这东西，本来就是用在陌生人身上的。

“喂，不能那么说的。”李瞳轻轻打了一下我的肩膀，“关潘勇什么事啊？潘勇又不喜欢她，不过‘赵疯子’不相信。那段时间‘赵疯子’真的疯了，到处放话说要剁了潘勇。那些人成天四处地找潘勇，想要堵他。潘勇就是在那个时候认识了‘二凯’的，还帮‘二凯’约到了一个在溜冰场认识的姑娘。从那以后，潘勇就来混‘南城’了。”李瞳眨了一下眼睛，“潘勇其实是个够意思的人，你知道吗？后来啊，‘赵疯子’的那个姑娘很惨的，她在‘北城’也混不下去了，原先那些巴结她的女孩儿都一个个地骑到了她头上。我亲眼看见的，有一回，在南极城里，‘赵疯子’现在的姑娘碰上了她，跟她犯蹭，要她把身上那条裙子脱下来——因为那是原先‘赵疯子’给她买的。她不肯。那个女的上去就给了她两个耳光，说：‘以后别让老娘在南极城看见你，看见你一次我灭你一次。’然后身边那几个女孩儿就拥上去把她的裙子硬扒下来了……”

“哎呀——”我感叹着，心里隐隐地有些同情那个骚货凄凉的命运。

“那次就是潘勇上去给她们拉开的啊，把自己的衣服给那个女孩儿裹上。你看，潘勇仗义吧？都被她害惨了，还帮她的忙。”提起潘勇的时候，李瞳脸上的表情很美。只不过，在多年之后，我才明白，那种表情叫沉醉。时至今日，我依然认为，那几年，对李瞳来说，是最美的时代。

潘勇是“北城”的叛徒，李瞳是穆成的叛徒。这两个叛徒就像两颗擦肩而过的流星那样，只需要对看一眼，就认出了彼此。

穆成坐在餐厅里，远远地冲我们俩招手。李瞳先看见他，也大方地跟他笑着。然后我们开始熟练地谈笑、叙旧、取笑对方，以及感叹时光流逝了。穆成说：“我来点菜好了，我很会点。”我说：“他什么都不会，除了吃。”李瞳在一旁微微地笑，我知道她在想什么，她在想我和穆成真的很像一对夫妻。她和穆成开始聊起了生计和工作，穆成问她，离开了这么久，现在回来有什么打算。她笑着说原本倒是带着一些辛苦钱回来，打算回龙城做点小生意。可是看了一圈，好像什么都不大好做。谈笑间，他们甚至聊起了少年时代的背叛，似乎把那当成了一个笑话。

她已经可以笑着给穆成讲她和那个混血儿是如何惨烈分手的。我已经听她说过好几次了，但我依然不介意再听一遍。反正她的人生里，任何狗血情节都不奇怪。

但是李瞳没有顺便问一句，潘勇现在在哪里。如果她问了，我会告诉她。但是她不问。

我永远忘不了那个夜晚，就是南极城刚刚开张，我们第一次看见潘勇的那天。李瞳对着我们小屋的镜子焦躁不安地一件一件地换衣裳。昏暗的灯光下，她脸颊红红的，眼睛雪亮得像猫。“这个不好看，这个也不好……”她清晰地说，声音一如既往地清澈，但我隐隐觉得，那不是在说给我听。然后她突然把所有的衣服都扔在了床上，整个人不管不顾地躺在那堆横七竖八的衣服上面。头发乱了，看似不经意地，把脸转向了我。她突然笑了笑，轻轻地说：“我该怎么办？”她的表情让我心里重重地一颤，她还不到十五岁，可是她眼睛里有种魅人的凄凉，我不懂那其实就是“无助”。

儿童的智商真的很低。我那时候以为，她真的只是为了衣服。我不知道我的姐姐陷入了前所未有的挣扎，可能她自己都不知道她面临的那个东西到底是什么。最终她选了一条白色的裙子，我们一致认为那件很好看，不过，好像不够特别。于是她只好在那条裙子外面套了一个式样有点夸张、花纹也少见的马甲——那个马甲来自俄罗斯，那是姨妈和姨父淘金的地方。

几天后的某个夜里，我们的窗子上传来了一阵轻轻的叩击声。李瞳以一种闪电般的速度，从床上跳起来，穿上了她的行头。白色的底色，松垮的马甲的颜色像是层林尽染的秋天。现在想来那其实是一身荒谬的打扮，可是那时候，我的姐姐，那已经是她倾其所有的美丽了。她打开了窗子，蹿上窗台，跨了出去——还好，外婆家住一楼。在往后的日子里，这个动作她会越来越熟练的。潘勇站在夜色中，冲着我们室内的灯光狡黠地一笑。

李瞳转过脸，把手伸进敞开的窗子，轻轻地摸了摸我的脸。也不知道是故意还是来不及，她没有绑辫子，她的头发松散地垂在胸前，有什么东西在她的发梢上跳动着——是一个全新的、让她本人也惧怕的自己在呼之欲出。她说："明明，帮我一个忙好不好？明天，去把压在我书包底下那封信交给穆成。替我告诉他，对不起。"然后她忧伤地笑了笑，用力地甩甩头，"我是真的没办法了。"

到底怎样才算"没办法"，我不懂得，但是我笃定地认为，就算是没办法，李瞳也是很过分的。她允许穆成亲她的嘴已经很不要脸了，在我好不容易能够消化这种不要脸的时候，她居然又一次地挑战了我的底线，抛弃了穆成——这明显是一件更不要脸的事情。委实令人发指。我不由得开始惧怕了起来，因为我知道，说不定有朝一日，我还是会像当初接受穆成那样接受潘勇——我怕我终究还是会把我姐姐的不要脸当成习以为常，当然我也怕，也怕她还会做出什么更不要脸的事，让我再也无法习以为常地原谅她。

看着穆成呆若木鸡的脸庞，我轻轻地叹了口气，我想，那个再也没办法原谅李瞳的日子，说不定越来越近了。她让穆成原本亲切的眼神在一瞬间结了冰，她让穆成原本总是微微上扬着的嘴角那样尴尬地僵住了，然后扯了下来……她真的是太坏了。当穆成转身离去的时候，我义愤填膺地拉住了他的衣袖："穆成，穆成你放心，我不理他们了，我从此以后只和你说话！真的！"穆成冷冷地说："滚远点。"把惊愕的我晾在了那里。

算了，我再也不管他了，没想到穆成也这么坏，他是被李瞳变坏的没错，但是他眼下就是坏了。我宋明明以后不要再理睬这些坏人坏事，所以我还是会去和李瞳跟潘勇说话，气死穆成。我发誓。

其实我不想承认我很难过，只是我不大知道那是为什么。不过现在想想，一切都是可以笑着回忆的。我在十二岁那年遇上了我后来的老公，我通常是这么给别人讲述的。

有些事，我是后来才知道的。

几支舞曲之间，通常会有一首用来让人们跳慢舞的曲子。滑进舞池里的人明显少了，人们都撤到一边去喝饮料、点烟，心怀着鬼胎的男生女生可以就此靠近对方。暧昧变成了一样怡人的东西，因为欲望恰好停留在阳光普照的温度上。然后人们突然被一阵骚乱声惊动了，一个倒霉鬼横着倒在了舞池里，惹得几个女孩子尖叫着散去，像是一群水鸟。

几个人围了过来，对着地上横着的那人一顿踢踹。为首的那个就是“二凯”，而地上的自然是穆成。“你还想跟我们的人抢，还想抢我们的妞，你真不知道自己是什么东西……”二凯一边踹，嘴里的咒骂一边变成有节奏的。那几个跟班自然像是领了圣旨一样，踢得更用力了。穆成在地上紧紧地蜷缩成一团，手臂护住了脑袋。

“老大。”潘勇从后面走过来，围观的人纷纷地让开了一条路，“差不多行了，老大。”潘勇说话的时候声音不高，可是已经自有一股威慑力。“二凯”立刻停了下来，那几个马仔也知趣了，只剩下一个反应慢一点儿的，还是在大家都停下来的时候补了一脚。潘勇蹲下身子，望着地上惨烈的败将，眼睛里一片宁静。“你还起得来吗？”他只是这样问。

穆成就像一条在甲板上打挺的鱼。周围人的身影都像是在水波里，泛着涟漪地起伏着。他终于慢慢地支撑起身子，一条腿蜷曲了起来，试图用一只手臂撑在地板上，站起来。潘勇静静地伸出右手，伸在穆成鼻梁前面，“二凯”的声音耀武扬威地传过来："算你杂种养的命好，我们潘勇不跟你计较。"穆成充着血的眼睛斜斜地望了一眼潘勇的脸，躲开了面前那只右手。

"等着我去搀你吗？"潘勇轻轻地笑笑，他不知何时从身后拿出一只啤酒瓶，用左手飞快地砸到了穆成的脑袋上。穆成应声又倒回了地板上，额头上流着血。周围的人群爆发出一阵欢乐的大笑，笑得最厉害的就是"二凯"和那几个跟班。"二凯"一边笑一边用力地鼓掌，然后欢呼声此起彼伏。潘勇依然笑容淡淡的，俯身对准了穆成的耳朵。他说："她愿意跟谁走，她就是谁的。你要是连这点道理都不懂，那就别怪别人修理你了。"

舞曲就在这时候重新响了起来，人们毫不犹豫地重新滑进来开始跳舞，穆成依旧躺在那里，跳舞的人们小心地避让开了他。他终于可以重新爬起来的时候，一个女孩子的高跟鞋跟切到了他的小拇指。

潘勇远远地坐在舞池边的吧台上，朝着他的方向，像个国王。

当我再一次看到穆成，已经是两年以后了。

在那两年里，我长高了很多，换上了初中生的校服。我变成了李瞳的学妹，中学里面的人群似乎很复杂，在我想要接近那些老师的宝贝儿时，我小心翼翼地想令他们忘记我是李瞳的妹妹，竭力地想让自己看上去和那个沸沸扬扬的传闻中的“李瞳”截然不同；在我想要在另外一些人面前炫耀一下时，我会用夸张的语气谈论起我的姐姐李瞳和我的“姐夫”潘勇，顺便添油加醋地讲讲发生在南极城里，那些赖皮小子之间的故事。有人会偶尔用质疑的语气说：“明明，你吹牛。”——因为我给他们绘声绘色地描述“二凯”如何带着他的手下，疯了一样地在一场斗争过后追到医院里去，赶尽杀绝地把“仇家”从急诊室的床上拖下来，随手拿起身边器械盘里的注射器，针头就直直插进肉里。我心虚地反驳她：“这都是我姐讲给我听的，不相信的话，你自己去问她嘛。我姐在哪个班不用我告诉你吧，全校都知道的……”我当然知道眼前的这个老实人没胆量直接去问我姐，我这副狐假虎威的模样虽说不是对什么人都管用，但在大多数情况下，还是吃得开的。

我站在泡沫一样的人群中，和他们一样，仰望着关于李瞳、潘勇以及南极城的传奇。如果说他们是明星，那我就相当于一个负责给大众爆料的娱记。我自认为我和那些庸俗的泡沫不同，因为跟他们相比，我离传奇多少还是更近一点儿。也就是说，在众多泡沫中，我算是那个最轻浮的、离阳光最近的。我的身体上因此倒映出浅浅的、绚烂的七色彩虹，尽管转瞬即逝，也足以让其他泡沫认为我是与众不同的了。那时候我不知道，终其一生，我只能拥有这种程度的与众不同。

我的成绩还和往常一样，好不到哪里去，也不会太坏。心情好的时候也能考出一个中等偏上的名次来，所以外婆对于我们班的家长会还是愿意去的。但是李瞳他们班的家长会，对外婆来说可就是个灾难了。每一次，外婆都是惨淡着一张脸出门，再更加惨淡地回来，李瞳自然是不在家的，外婆老了，也不再有往日那般咒骂的力气。她只是嘟囔着说："给她爹娘写信算了，让他们把她接走算了，省得给我丢人，省得害我舰着一张老脸去给人家赔笑，早晚有一天哦，早晚有一天我死在她手上……"然而李瞳一如既往地招摇和堕落，我知道，外婆开始怕她了。于是在外婆眼中，我变得日益乖巧和可爱——因为我的存在让她觉得，自己还拥有一个长辈的尊严。每次给李瞳开完家长会，她都会破例允许我看电视看到夜深人静。我享受着这种突如其来的慈祥，心里再明白不过，与其说这是慈祥，不如说是投降来得恰当。

但是当我们班的家长会和李瞳他们班的家长会撞车的时候，就没有办法了，外婆总说："你去叫你爸妈吧，我得去你姐他们班上。""为什么？反正你去他们班也是挨老师骂……"我说，"不如就去我们班嘛。"外婆说："你有爸妈在龙城，你姐她没有。"

可是外婆不知道，那段时间里，我不想和我爸妈说话，不想和他们提任何的要求——不管合理的，还是不合理的。我讨厌他们。隔着薄薄的门板，我总是能听见我爸爸恶毒地说我妈妈是“潘金莲”，我妈妈说：“对，我就是！谁让你连武大郎都不如……”他们以为我听不到，或者说，以为我听不懂。我才不要“潘金莲”和“武大郎”到我的学校去，和我那么多同学的父母坐在一起。那会让我觉得羞耻，觉得无地自容。

那是一个明朗的夏夜，有凉爽的、长长的风。我一个人走到外婆家楼下的宿舍院里面，刻意躲开了那些其乐融融的乘凉的人。明天就要放暑假了，明天就要开学期末的家长会了，我不知道该怎么办，我甚至觉得其实我根本就没有家长、没有家。我坐在坏掉的喷泉池边，眼泪无声无息地流下来。

一辆自行车“唰”地停在我的脚边，就像一匹骄傲的马，马上就要仰天长啸了。“明明，怎么是你？你怎么了？有人欺负你吗？”那个声音真是熟悉，我已经将近两年没有看见他了。“穆成？”我用力地在脸上抹了一把，仔细地仰起脖子看他。他和以往不同了，究竟是哪里不同，我也说不好。可能是长高了，可能是不像从前那样总挂着一脸傻笑了，可能是因为手指间多了一支烟，可能是因为眼神里面有了一种大人的味道。

“明明，要是有人敢欺负你，你一定要跟我说。”他说话的语气里多了一种简洁的狠劲儿，“我现在谁都不怕，你知不知道，谁敢动你，老子一定要他好看。”

“你要做谁的老子哦？”我挂着眼泪，突然笑了。我知道自己此时的语气和当初的李瞳一模一样。我还知道，他也想到了这个。

他眼睛里有什么东西轻轻地一闪。然后他挥了挥手，指间那个冒着烟的光点指向了不远处，那里有几个潦草地跨在自行车上的赖皮小子，自行车永远像是他们身体的一个器官那样，随时随地忠实地折射出他们所有的轻狂、不怕死，还有漫不经心。穆成说：“看，明明，他们都是我的弟兄。要是有谁敢跟你犯蹭，他们都会帮你收拾的——我现在和以前不同了，你知道吗？”

我当然知道。穆成已经变成了一个赖皮小子，这就是他浑身上下所有改变的真相，我嗅得出所有赖皮小子身上的味道。我有些忧伤地想，不知这种改变和李瞳是不是多少有一点儿关系。但是我嘴里说的是：“明天就要放暑假了，可是我找不到人去替我开家长会。”

“就这么简单？”穆成胸有成竹地笑了，“考砸了对不对？”

“才没有，班里五十六个人，我是第二十三名！”我受不了一个赖皮小子突然摆出一副长辈的样子关心起我的学习成绩。

“关我屁事。”他皱起眉头，可是粗鲁得不得法，“这么办，我叫我爷爷替你去开家长会，行吗？”

“真的可以啊？”我想我的眼睛一定是亮了，“你爷爷会不会觉得……”搜寻了一会儿词语，终于说，“你爷爷会不会觉得我也是个坏孩子呢？”

“他爱怎么想就怎么想，人去了不就帮了你的忙？还有什么可磨叽的？”

那一瞬间我觉得我有些理解李瞳为什么选择了她目前的生活。因为在赖皮小子们的世界里，好多东西都是简单明快的，当一个人总是抱着简单明快的心去活，才有可能毫不犹豫地做坏事。我呆呆地看着眼前的穆成，我心里还是清楚我和李瞳是不一样的。李瞳原本就是一个那样的人，而我，我想要逃到那个简单明快的幻象里去，掩耳盗铃地忘记所有不好的事情，觉得只要这样，那幻象就可以保护我。

于是我对穆成说：“那个，我姐她……她最近常常和潘勇他们去打台球。他们‘南城’的人总是在那两个台球厅里的，一个是‘春天’，一个是……”我一边说，一边羞愧地意识到，我又一次叛变了。

“我知道。”穆成打断了我，“‘春天’对面的那个录像厅是我们的人常去的地方，我其实见过她好多次。”

“穆成？”我惊讶地看着他，我知道“春天”对面的那家录像厅，那是李瞳跟我提过很多次的地方，“你现在跟‘东北帮’混到一起去了？”

“你知道得还不少呀，小丫头？”他轻轻地弹了一下我的脑门，他的手指上带着微微的烟草的味道，那颗被抛弃的烟蒂像萤火虫那样飞进了越来越重的夜色里。我似乎已经快要看不清他的脸，可是我没来由地知道，他对我笑了。

南极城的传奇就是在那个夏天结束的。只不过当时，我们谁也没有预料到，南极城很快就要变成天边的最后一丝火烧云了。暑假开始的第一天，外婆像个经验丰富的猎人那样，终于成功地把李瞳堵在了家里。外婆边哭边骂的声音传进小屋里来，一起传进来的，还有李瞳无休无止的沉默。

“你就出去野吧，哪天你真的野出来一个野种你就歇心了，我不求你明年能考上大学，我只求你别整天跟着那群赖皮小子犯贱不行吗？他们是男人，和你不一样，你最终是要嫁人的。就照你这样天天混——你将来不用孝顺我，你一毕业就找你爹娘去行不行，不用再回来，我不想看见你，在他们的地盘上你想怎么野怎么混都行，反正我眼不见心不烦，你就是别在我眼皮子底下混到杏花岭去，我说得够明白了吧……”

外婆的语言系统里永远存在一些莫名其妙的老名词。比如“杏花岭”——其实在今天的龙城，杏花岭不过是个再普通不过的居民区，但是在外婆年轻的时候，那里就是龙城的花街柳巷。每当外婆骂人的时候，嘴里蹦出这些家人以外的人不能理解的词语时，我都替她尴尬，因为她是那么认真并且愤怒，她不知道自己可笑。

伴随着外婆的声音，窗玻璃上时时传来的敲击声也让我胆战心惊，就像在为外婆的演说打节奏。终于我忍不住了，鼓足了勇气打开窗子，灯光一鼓作气地涌到了外面空旷的夜色里。我对满脸不耐烦的潘勇说："你走吧，我姐今天出不去了。"没等他回答，我就急匆匆地把窗子关上了。

如果李瞳不在我身边，潘勇从来不会对我笑的。这就是潘勇和穆成不同的地方。

外婆终于骂完了，李瞳恨恨地走了进来，坐在床沿上，死死地咬了咬嘴唇，像是发愣那样地瞟着窗口。"我跟他说，你今晚出不去了。"我有些心虚地说，"他，已经走了。"

"要你多管闲事！"她白了我一眼，终于找到了机会撒气。

"我怎么知道外婆会骂多久嘛，我还以为她得接着再骂上一个小时……"我心里突然很委屈：有什么了不起，不就是潘勇吗？不就是四处惹事的"南城帮"吗，不就是有个总是罩着他的宋凯吗？不就是四处招摇过市欺软怕硬吗？就觉得可以随便欺负我，随便对我呼来喝去的。李瞳你不要小瞧我，我不怕你。我咬牙切齿地想：你以为我永远做不到你能做到的事吗？我现在也不是……我被自己的念头吓住了，因为与此同时，我眼前闪现的居然是穆成的脸。

李瞳的语气还是恨恨的，但是内容已经和我无关。“外婆——哼……”她恶毒地笑笑，但是她充满恶意的微笑真的很美，“装什么正经，说我野，说我贱，她自己强到哪里去了？一把年纪了，还不是去和穆成的爷爷鬼混，整条街上连卖菜的都知道他们俩的事情，也不嫌害臊……”

“姐姐！”我大惊失色地打断她，她又让我害怕了，让我在一瞬间忘记了刚刚积起来的怨气，“你胡说些什么呀！”

“不是说现在。”她毋庸置疑地挥挥手，“算了，跟你说不明白，是我们很小的时候——”就在这个时候，她的呼机响了，那是她身上令很多女孩子羡慕的又一个行头，尽管在今天这玩意儿已经变成了历史的遗物。她拿起来看了一眼，倒抽了一口冷气，她说：“完了。”

我只当她是大惊小怪，因为潘勇隔三岔五地总能碰上些来寻事打架的人，从没见过谁真的完了，往往，这样淋漓酣畅的战斗过后，换来的都是头顶贴着纱布，或者胳膊上缠着绷带的狂欢之夜，庆祝胜利或者庆祝失败。大排档热气腾腾的，巨大的锅子像是活着那样用力地吐出袅袅白汽，似乎人一高兴也可以跳进去随意地、毫不痛苦地被烹调。叫嚷，疯笑，划拳，路灯惨惨地照至凌晨，隔着醉眼看过去，也会越来越暖和。

可是李瞳轻轻地摇摇头，惊慌地看着我，突然又笑了起来，其实我最佩服的，就是她在一切事情都糟到不能再糟的时候，脸上露出的那种做梦一般、把自己置身事外的微笑。她熟练地打开了窗子，转过脸轻描淡写地说："是穆成那个杂种养的，他带了'东北帮'的人，联合了'北城''赵疯子'的人，把潘勇他们堵在南极城了，我就觉得他当时不应该就那么算了的，可是我没想到，居然在这儿等着我。"

我听见"穆成"两个字的同时，也听见了自己轻轻地说："带上我。"

那一刻我才明白，原来我想得到他。这个因为想复仇所以才成为赖皮小子的穆成。那个属于我的赖皮小子，就是他，不是别人。

就像小的时候，我们知道怎么从后面的一条通道逃红旗剧场的电影票一样；如今，我们也知道该怎样通过曾经的、亲切的通道躲开南极城正门口的保安。不管这个建筑物被人们起了怎样的名字，只要你笨拙地从后面翻过墙，再踩着几个沉默的铁皮垃圾桶，就能抵达那个类似古墓的通道。它忠诚得就像某种历史遗迹。我们俩已经分不清发出急促呼吸的，究竟是我们，还是我们脚下掠过的那道从小看着我们长大的老楼梯。幸运的是，后门没有锁，李瞳用身体用力地撞了一下，它就开了。我们熟练地钻进来，藏在两个巨大的音箱后面，巨大的音乐声像刀子一样直直地戳了进来，我第一次知道，原来声音除了可以塞进人的耳朵里，也可以塞进牙缝、塞进喉咙、塞进眼球、塞进胸腔——我的整个身体成了一个跟着这声巨响震动着的音符。可是我和李瞳还必须待在那儿忍受着，至少要等到一支舞曲完毕，DJ 或许要换班的时候，抓个空当，才能顺利地溜下来隐匿于人群中。那支曲子是杰克逊的*Dangerous*《危险之旅》，从那晚起，这支曲子就永远地沉睡在我的身体里，经常光临我或甜美或恐怖的梦境。就算今天，杰克逊的逝去也未能改变它的活力。

看上去一切正常，我是说，那是我第一次，也是唯一的一次来南极城。我看不出这里有李瞳说的那么危险，相反地，根本就不是我脑子里想象的那种凶暴的场面。不过李瞳的表情却是非常紧张，可能的确是有什么地方不对劲儿吧。比如说，舞池的中央只有一个人，这也许不是那么正常的事情。那个女孩子自己一个人跳舞，我从不知道一个人的身体可以这样自由，像是踩着地板在飞翔。她一脸的肃杀之气，似乎对四周完全没有概念。

音乐声就在这时候停了下来，猝然降临的寂静关掉了我整个人的开关。我的耳朵里落满了雪，空气的声音像雪花一样单调沉寂地代替了音乐堆积了进来。我已经忘记了我自己是来干什么的，我甚至在担心那个跳舞的女孩子失去了音乐该怎么办。但我显然是杞人忧天了，因为她还是静静地完成了她那个断掉的节拍上应该做的动作，一点儿迟疑都没有。

“这个疯娘儿们。”李瞳惊叹着，“她就是‘赵疯子’以前的那个女朋友。”可是她的眼睛却是紧紧地落在远处，舞池的边缘处已经黑压压地站了一片人。我看见了潘勇，也看见了穆成。

DJ 一边抱怨着，一边朝着我们的方向走了过来，我还来不及紧张，他就已经从我们眼前面无表情地走过去了。李瞳就在这个时候轻盈地从台子上跳了下去，奔向了那群严阵以待的棋子，但是我不敢。我只能躲在音箱的后面，看着那个跳舞的女孩子慢慢地走上来，走到我身边。

她略带嘲讽地对我一笑，然后用下巴指了指远处那群人：“那里面，哪个是你的？”

我咽了一口唾沫，这个初次见面的人的戏谑给了我莫大的勇气，我轻轻地说：“穆成。”

她惊愕地瞪大了眼睛：“怎么可能？穆成都快被李瞳那个骚货给弄疯了，谁都知道，他混‘东北人’那边就是为了今天——这里面能有你什么事？”

“你才是骚货呢。”不管怎么说，我不许一个外人来攻击我姐姐。

她深深地看我一眼，在我开始害怕的时候我们身后那扇门被“嘭”地撞开了，二十几个人沉默地鱼贯而入，可以想到的，不可能只有李瞳知道这条美好的通道。那个女孩子的脸色瞬间变得雪白，于是我就知道了，领头的那个一定是赵锋。

我也不知道为什么，在这个时候抓紧了她的手。“咱们走吧……”她的语气里居然有点依赖我。可是赵锋带的那二十几个人已经堵死了我们的来路，我不知道可以往哪里去，即便我责无旁贷地紧握着她冰凉的手。

我听见了穆成的声音，他的龙城话要比潘勇的标准很多，我就是在那一瞬间想起了他那个总是在红旗剧场咒骂坏孩子的爷爷。“我们从来没惹过你们‘南城’的人吧？今天把潘勇留下，你们走，以后大家都还是朋友。”

“我们的人你说留下就留下？都尿到我们‘南城’头上来了，你还是不是龙城人？带着外地人来打自己人，还要不要脸啦？”

“你他妈耳朵里塞了驴毛吗？”穆成并没有抬高音量，“这是我和潘勇的事，和你们‘南城’没关系，再说了，潘勇本身也不是‘南城’的人。”

“少他妈废话了，我们老大一会儿就来，你是想现在死，还是等我们老大来了再死？”

“‘二凯’现在在我们北城的派出所呢。”一阵些微的骚动之中，赵锋冷笑着冲“南城”的阵营喊。他的声音有很好的共鸣，除了喊话，可能也适合唱歌吧。‘北城’的人像支送葬的队伍那样，缓缓地从我们眼前掠过去，再一个挨一个地跳下台子。南极城已经被他们填满了。

“真的，你，我认识你，你不是‘南城’的小刺头？你们的‘二凯’今天下午跟人在我们‘北城’干仗的事情你知道对不对？他们现在都在北城派出所写保证书——当然了，是我们的人报的警。你们老大今天来不了了——随你们的便吧，要么把潘勇留下，要么大家都别走——谁说潘勇算是你们‘南城’的人？我们‘北城’可一直没忘了他呢。”

不用多么聪明的人，也看得出潘勇今天算是完蛋了。其实这下我算是放了心。就像看球赛一样，我支持的球队基本算是赢了，我松了一口气，遥远地看着穆成扭曲了的侧脸，居然完全忘记了姐姐。好了，这下我就放心了，我不管你用什么方法，我只要你赢了潘勇。你一定要压倒他，谁叫他——谁叫他从来就不把我放在眼里。连我都看得出，潘勇那些‘南城’的同伴在犹豫了，潘勇已经没有机会了，除非奇迹发生。

除非奇迹发生。

我不知道那个女孩子——那个背叛“赵疯子”的前女友，那个可以静默着跳舞的骚货，是什么时候悄悄溜到了另一边。其实我也不太明白究竟发生了什么，我只看到她的周身升腾出来一股浓浓的白烟，在我惊异地怀疑她是否会施法力的时候，她尖厉的喊声响彻了整个南极城：“着火啦——着火啦——”

我听见了黑压压的人群里，李瞳默契地尖叫：“潘勇，快跑。”舞池边缘离出口最近的人群已经开始像麦浪那样起伏，他们一起往门边汹涌着，奇怪的地方就在这儿，门还是原来的门，但不知为何变得像堵墙一样，人群都在那里挣扎着，做着平日里奔跑的动作，可是谁也没能真的出去。另外一拨人和我一样，想到了那条秘密的通道，可是那个女孩子穿越了人流来到我的面前，对我肯定地说：“‘赵疯子’他们上来之前，一定用那几个垃圾桶把出口堵死了，他一向都这样。你跟我来，我们到后面去，他们一定还是有人能把门弄开的……”

可是我的视线把李瞳弄丢了。我只能听见“赵疯子”气急败坏地大嚷道：“都他妈傻子吗？那是干冰！”我身边的女孩子脸上露出一丝得意的诡笑，我才明白她并不是会法术，她只不过是踩了一脚干冰机的开关。但是没有用了，人们已经齐心合力地把自己变成了洪水，妄图冲垮那扇越来越窄的门。

我却已经忘记了恐惧。我的大脑没法把“危险”二字翻译成身体的颤动。我还以为，我并不在那里。

潘勇却在这个时候跳到了吧台上面，他跳上去的时候看似轻而易举地把好几个站在上面的人推了下去。周围越来越乱了，嘈杂声中潘勇一路踢倒了一排或空或满的酒瓶。“穆成！”不知为何他暴烈地大喊的时候脸上居然绽放出一种少见的微笑，“穆成，着火就着火，老子今天烧死在这儿不走了，你敢不敢单挑？”

“潘勇你疯了——”我看见我的姐姐奋力地从人群里逆流而上，头发散得乱七八糟。穆成没有表情地看了她一眼，也跟着蹿到了吧台上，狠狠地抛掉了烟蒂：“你以为老子怕你？”

他的鞋子撞倒了一个盛着半截蜡烛的玻璃杯，那一点点火光浸在了肆意横流的酒精里，有了灵魂，就在一瞬间长大了。像藤蔓那样，缠绕上了李瞳的裙角。不知道什么人的尖叫声炸开了：“着火啦——”有一些人像麦浪那样前赴后继地朝着我拥了过来，我看见最前面的那排像是被后面的人踩断了腰，突然就变矮了，似乎要变成低矮的灌木，把醉生梦死的地板当成土壤，扎了根。

巨大的惊慌扼住了我的喉咙，那就是我对于那晚最后的记忆。当然，还有远处隐约传来的汽笛的鸣叫，有那么一瞬间我恍惚以为这人群变成了浪，有艘巨大的轮船要从他们的头顶上开过来了，我居然没有立刻想到那是警车的声音。

那是我们记忆里面，南极城最后的夜晚。

干冰的烟雾制造出来的踩踏事故让将近三十个人受了伤，有一个人从二楼跳下去，脑袋却正正撞上了“赵疯子”他们挪在那里的垃圾桶，当场死亡。后来引起的一场小火灾也烧伤了几个人，其中包括我的姐姐李瞳。

南极城被封了一段时间，重新开张的时候再也没有未成年人入场——也不是完全没有吧，只不过，它不再是一个酝酿坏孩子的传奇的舞台。因为曾经神采飞扬的角儿都已经散了场。“二凯”因为完美的不在场证明，没有和这场事故扯上半点儿关系，可是也正因为如此，他从派出所写完保证书回来的时候，发现“南城”的人已经不再听从他。借着这场乱，他们换了老大。而新的老大做的第一件事，就是毫不犹豫地从“南城帮”里把潘勇择了出去。“赵疯子”也同样如此，“北城”的人被警察带去问话的时候，众口一词地说所有的起因都是潘勇，最后的火也是潘勇放的。

李瞳沉默地躺在医院里，出事以来她没怎么说过话，即便我给她带来潘勇被送去少管所的消息。她出院以后就从学校退了学，真的像外婆说的那样，去投奔了她父母。她好像做过很多工作，帮她父母接待旅行团，弄点“Made in China（中国制造）”的衣服回去卖，到乌克兰去开中餐馆，已经是后来的事情。

我念大一的那个暑假，外婆去世了。临终的时候她已说不出来话，她轻轻地握住我的手指，我知道这已经是她全身能使出的最大的力气。我还知道她在惦记着李瞳，李瞳那时候正在从莫斯科飞往北京的班机上，可是对外婆来说，多坚持一秒钟都是很困难的事情。她深深地、混浊地望着我，我想我们一定是不约而同地追忆着那些齐心协力地敌视李瞳的夜晚，因为她让我们害怕。李瞳乘坐的飞机在蒙古上空的时候，外婆闭上了眼睛，我想，说不定她们能在天上远远地对看一眼。

外婆的“头七”过完以后，我在外婆家老房子的楼下看见了穆成。他早就离开了“东北帮”，后来考到了一个邻近省份的大学。没有寒暄，没有问候，什么都没有，他只是问我：“明明，愿不愿意去看电影？”我说：“好。”走到电影院门口，他又问我：“要不要买包爆米花？”我说：“好。”他抱着满满一捧爆米花回来的时候，最上面的那几颗轻飘飘地弹跳在空气里，我轻轻地伸手企图接住它们，结果穆成抓住了我的手。

在离我们两百米远的地方，传来一阵鞭炮声，一家全新的火锅店开业了——是的，它就是原先的南极城。

我问过穆成，他是从什么时候开始喜欢我的，他说，他已经记不清了。这对女人而言，可不是一个正确的答案，但我还是接受了，的确是我先想要他的，我的愿望被神听见了。穆成再也没提过那段成为赖皮小子的岁月，他的整个大学时代，跟他走动频繁的朋友基本都是他的大学同学。虽然我觉得这没有必要，但是他如此强烈地用一种粉饰太平的方法遗忘着过去，那我也只好配合他。他是我的男人了，这才是最重要的。

我的男人现在是工程师，整日打交道的是一堆我看不懂的图纸。如果外婆看得到，一定会很开心。她向来知道我是不会出太大错的。

婚礼那天，天气晴朗。我们订的那间酒店正好位于南极城的对面。其实它现在已经不叫南极城了，它叫“重庆火锅城”，不过我和李瞳都拒绝这么称呼它。帮我换上最后一套送宾客的旗袍的时候，李瞳微笑着说：“明明，我今天，真的高兴。”

然后她拎起来那件被抛在沙发上的婚纱，它像瀑布一样亮闪闪地流动于满室的阳光中。“你穿上试试。”我对她笑道，“说不定好看的。”“好！”她爽快地褪去了身上那套伴娘的裙子，也不避讳屋子里其他几个女孩子。那件婚纱上了她的身，我才知道，她那时为什么毫不犹豫地说：“好看的。”她对着镜子默不作声地转了一个圈，她知道自己有多漂亮，她一直知道。只不过，这件婚纱露出来她三分之一的后背，那上面盘踞着触目惊心的疤痕。可是她停在我面前，心满意足地说：“照镜子的时候，我只需要看着正面，一切就 OK 了。”

紧跟着她突然走到了门边，打开了门：“我到走廊里去，看看那面更大的镜子。”“喂，神经啦……”我笑着骂道，“给人家客人们看见了多难堪！”“不会的，就两秒钟。”“不要，姐你给我回来……”真可惜穿了旗袍不大适合运动，我们就这样嬉笑着、打闹着，撞开了门。在这间酒店拿出来给新娘化妆用的房间对面，是一间没人会在意的会计室。我们的门开了的时候，对面的门也开了，有个穿保安制服的人从里面走出来，也许是刚刚领完薪水准备换班。

李瞳安静了下来，对面那个保安也是。

“潘勇？”李瞳轻轻地、难以置信地说。

“你好，李瞳。”潘勇尴尬地点点头，他脸上早已没了昔日的英气和狡黠，成了一个随处可见的三十岁的男人。他静静地，从上到下打量了李瞳一眼，突然笑了：“挺好的。很好看。我要下班了。再见。”

当他的背影消失于走廊的尽头时，李瞳才如梦初醒地拎起裙摆，冲了过去：“潘勇你等一下——”

“姐你疯了？”我在一旁紧紧地抓住她的胳膊，“你到底在想什么呀……”

“你知道他在这儿，你早就知道？”她火热地看着我。

“我也是不久以前才在这里看见他——我想告诉你，可是我不知道该怎么说，都过去那么多年了……”

“少啰唆！”她暴躁地甩开我的手，那一瞬间又变回了少女时候的浑球，“你以为我想怎么样，我还能怎么样？我只不过是想跟他说，这套衣服是你的，今天结婚的人不是我。我就是想告诉他这个。”

她穿着那么重的裙子，以及七厘米的高跟鞋，居然也可以狂奔，真是厉害。

我站在落地窗窗口，看着李瞳拎着那身繁复的纱裙，毫不在意地裸露着脊背上醒目的伤疤，急切地出现在外面的人行道上，旁若无人。她向来都是个旁若无人的主儿。可是来往的行人里，已经没有了潘勇的踪迹。没有人知道“北城帮”和“南城帮”是什么东西了，没有人能理解一个与“北城”为敌、在“南城”混得风生水起的男孩儿是多么了不起。除了你我，不会有人记得。就连“赵疯子”“二凯”他们这班人马，都未必记得。

你能不能告诉我，你是不是还在爱他?

他是个小流氓，他是个赖皮小子，他注定了只能在那个年纪尽兴恣意地活，他已经烧尽了自己，他已经苍老，他注定了一无所有，他注定了一事无成。但是，你依然想告诉他，你并没有成为什么人的新娘。所以你依然爱他，姐，你真是个骚货。我想你知道的，我是多么想成为一个像你那样的骚货，我做梦都想。

可是我只是躲进了百年好合的谎言里，进入了轮回。穆成不是天生的赖皮小子，我也不是天生的骚货，所以我们遇到了彼此，我们发现了对方的秘密。于是我们踏实下来，发喜帖，放鞭炮，生儿育女。可是你和我不同，你和潘勇这样的人，在进入轮回之前，必须先要陨落，在坠落的过程中，擦出来最后那丝火花，把自己烧完。我凝视着你们，只有我知道，隐居于芸芸众生之中，最终成为他的一分子是多么艰难。对你们来说，都是艰难的，你、潘勇，还有南极城。南极城里飘出麻辣火锅的味道，宾客盈门，车水马龙。

我们的，永远的，南极城。

图书在版编目（CIP）数据

姐姐的丛林 / 笛安著 . -- 石家庄：河北教育出版社，2022. 10

（年轮典存丛书 / 邱华栋，杨晓升主编）

ISBN 978-7-5545-7190-3

I. ①姐… II. ①笛… III. ①中篇小说 - 小说集 - 中国 - 当代 ②短篇小说 - 小说集 - 中国 - 当代 IV. ① I247.7

中国版本图书馆 CIP 数据核字（2022）第 157396 号

年轮典存丛书

书　　名　**姐姐的丛林**

　　　　　JIEJIE DE CONGLIN

作　　者　笛　安

出 版 人　董素山

总 策 划　金丽红　黎　波

责任编辑　汪雅瑛　陈　娟

特约编辑　张　维　武　斐

出　　版　河北出版传媒集团

　　　　　河北教育出版社　http://www.hbep.com

　　　　　（石家庄市联盟路 705 号，050061）

印　　制　天津盛辉印刷有限公司

开　　本　787 mm × 1092 mm　1/32

印　　张　8

字　　数　153 千字

版　　次　2022 年 10 月第 1 版

印　　次　2022 年 10 月第 1 次印刷

书　　号　ISBN 978-7-5545-7190-3

定　　价　48.00 元
